にほんご

# 穏紮穏打日本語

## 進階3

目白JFL教育研究会

# 前言

課堂上的日語教學，主要可分為：一、以日語來教導外國人日語的「直接法（Direct Method）」；以及，二、使用英文等媒介語、又或者使用學習者的母語來教導日語的教學方式，部分老師將其稱之為「間接法」（※：此非教學法的正式名稱）。

綜觀目前台灣市面上的日語教材，絕大部分都是從日方取得版權後，直接在台重製發行的。這些教材的編寫初衷，是針對日本的語言學校採取「直接法」教學時使用，因此對於在台灣的學校或補習班所慣用的「使用媒介語（用中文教日語）」的教學模式來說，並非那麼地合適。且隨著時代的演變，許多十幾年前所編寫的教材，其內容以及用詞也早已不合時宜。

有鑑於網路教學日趨發達，本社與日檢暢銷系列『穩紮穩打！新日本語能力試驗』的編著群「目白JFL教育研究會」合力開發了這套適合以媒介語（中文）來教學，且通用於實體課程與線上課程的教材。編寫時，採用簡單、清楚明瞭的版面、句型模組式教學、再配合每一課的對話文以及練習題，無論是「實體一對一家教課程」還是「實體班級課程」，又或是「線上同步一對一、一對多課程」，或「線上非同步預錄課程（如上傳影音平台等）」，都非常容易使用（※ 註：上述透過網路教學時不需取得授權。唯使用本教材製作針對非特定多數、且含有營利行為之非同步課程時，需事先向敝社取得授權）。

此外，本教材還備有以中文編寫的教師手冊可供選購，無論是新手老師還是第一次使用本教材的老師，都可以輕鬆地上手。最後，也期待使用本書的學生，能夠在輕鬆、無壓力的課堂環境上，全方位快樂學習，穩紮穩打地打好日語基礎！

想閱文化編輯部

# 穩紮穩打日本語 進階 3

## 1. 教材構成

　　「穩紮穩打日本語」系列，分為「初級」、「進階」、「中級」三個等級。每個等級由 4 冊構成，每冊 6 課、每課 4 個句型。但不包含平假名、片假名等發音部分的指導。完成「進階1」至「進階4」課程，約莫等同於日本語能力試驗 N4 程度。另，進階篇備有一本教師手冊與解答合集。

## 2. 每課內容

- ·學習重點：提示本課將學習的 4 個句型。
- ·單字　　：除了列出本課將學習的單字及中譯以外，也標上了詞性以及高低重音。

　　　　　　此外，也會提出各課學習的慣用句。

　　　　　　「サ」則代表可作為「する」動詞的名詞。

- ·句型　　：每課學習「句型1」～「句型4」，除了列出說明外，亦會舉出例句。

　　　　　　每個句型還附有「練習 A」以及「練習 B」兩種練習。

　　　　　　練習 A、B 會視各個句型的需求，增加或刪減。

- ·本文　　：此為與本課學習的句型相關聯的對話或文章。

　　　　　　左頁為本文，右頁為翻譯，可方便對照。

- ·隨堂測驗：針對每課學習的練習題。分成「填空題」、「選擇題」與「翻譯題」。

　　　　　　「翻譯題」前三題為「日譯中」、後三題為「中譯日」。

- ·綜合練習：綜合本冊 6 課當中所習得的文法，做全方位的複習測驗。

　　　　　　「填空題」約 25 ～ 28 題；「選擇題」約 15 ～ 18 題。

## 3. 周邊教材

　　「目白 JFL 教育研究會」將會不定期製作周邊教材提供下載，請逕自前往查詢：

　　http://www.tin.twmail.net/

# 37

日本（にほん）で　暮（く）らそうと　思（おも）って　います。

1 ～か、～

2 ～か　どうか、～

3 ～て　みせます

4 ～（よ）うと　思（おも）って　います

| | | | |
|---|---|---|---|
| すいそく<br>推測します (動) | 推測 | けん<br>件 (名 /1) | ... 件事 |
| そうたい<br>早退します (動) | 早退 | よめ<br>嫁 (名 /0) | 妻子、媳婦 |
| そうさ<br>操作します (動) | 操作 | がん<br>癌 (名 /1) | 癌症 |
| あんてい<br>安定します (動) | 安定 | | |
| しんせい<br>申請します (動) | 申請 | せんぽう<br>先方 (名 /0) | 對方 |
| じょうりく<br>上陸します (動) | （颱風）登陸 | ほんたい<br>本体 (名 /1) | 機器的主體 |
| | | けんしゅ<br>犬種 (名 /0) | 狗的品種 |
| つな<br>繋がります (動) | 連接上 | たいふう<br>台風 (名 /3) | 颱風 |
| たし<br>確かめます (動) | 弄清、查明 | めんるい<br>麺類 (名 /1) | 麵食類 |
| と<br>解きます (動) | 解開（方程式） | | |
| とど<br>届きます (動) | 送達 | ビザ (名 /1) | 簽證 |
| あ<br>合います (動) | 合適、適合 | サイズ (名 /1) | 尺寸 |
| うご<br>動かします (動) | 移動、<br>使 ... 動作 | ニート (名 /1) | 尼特族 |
| | | システム (名 /1) | 系統 |
| めんせつ<br>面接 (サ /0) | 面試 | マルチーズ (名 /3) | 馬爾濟斯<br>（小狗品種） |
| せっきゃく<br>接客 (サ /0) | 接待客人 | | |
| ゆうしょう<br>優勝 (サ /0) | 優勝 | けいさつかん<br>警察官 (名 /4) | 警察 |
| ちりょう<br>治療 (サ /0) | 治療、醫治 | じこくひょう<br>時刻表 (名 /0) | 時刻表 |

| | | | |
|---|---|---|---|
| 方程式 (名/3)<br>ほうていしき | 方程式 | あり (ラ/1) | 有、有可能 |
| 生き物 (名/3 或 2)<br>い もの | 生物 | 恋に 落ちます。<br>こい お<br>(慣) | 墜入愛河、<br>戀愛 |
| 盆踊り (名/3)<br>ぼんおど | 盂蘭盆舞 | | |
| 我が家 (名/1)<br>わ や | 我家 | 馬鹿に します。<br>ば か<br>(慣) | 把 ... 當笨蛋、<br>看輕 |
| 専門店 (名/3)<br>せんもんてん | 專門店 | | |
| 伝統料理 (名/5)<br>でんとうりょう り | 傳統料理 | 日経平均株価 (名/10)<br>にっけいへいきんかぶ か | 日經指數 |
| 在留資格 (名/5)<br>ざいりゅう し かく | 居留權 | 日本語能力試験<br>に ほん ご のうりょく し けん<br>(名/9) | 日本語能力試驗、<br>日檢 |
| いつか (副/1) | 總有一天 | | |
| 一度 (副/0)<br>いち ど | 做 ... 一次 | | |
| 経済的に (副/0)<br>けいざいてき | 經濟上 | | |
| いきなり (副/0) | 突然、冷不防 | | |
| 次に (接/2)<br>つぎ | 接下來 ...。 | | |
| 或いは (接/2)<br>ある | 或者 | | |
| それとも (接/3) | 還是 | | |
| できれば (連/2) | 可以的話 | | |
| こそ (副助) | 才是、正是 | | |

# 〜か、〜

本句型學習將一個「含有疑問詞（開放式問句）」的疑問句作為名詞子句，放在「〜が」或「〜を」等助詞的前方（助詞多會省略）的描述方式。

## 例句

・時刻表（じこくひょう）を 調（しら）べます。（查詢時刻表。）
　新幹線（しんかんせん）が 何時（なんじ）に 着（つ）くかを 調（しら）べます。（查詢新幹線幾點到達。）

・忘年会（ぼうねんかい）は どこで やる？ 知（し）ってる？
→忘年会（ぼうねんかい）は どこで やるかを、 知（し）ってる？（你知道忘年會在哪裡辦嗎？）

・あの 人（ひと）は 誰（だれ）ですか。 わかりません。
→あの 人（ひと）が／は 誰（だれ）かが、 わかりません。（我不知道那個人是誰。）

・お土産（みやげ）は 何（なに）が いいですか。 夫（おっと）と 相談（そうだん）して みます。
→お土産（みやげ）は 何（なに）が いいかを／について、 夫（おっと）と 相談（そうだん）して みます。
（我和老公商量看看，看伴手禮什麼東西比較好。）

・犯人（はんにん）は どこに いますか。 彼（かれ）は 知（し）って います。
→犯人（はんにん）が／は どこに いるかを、 彼（かれ）は 知（し）って います。
（他知道犯人在哪裡。）

・この 雑誌（ざっし）は いつ 買（か）った？ 教（おし）えて。
→この 雑誌（ざっし）を／は いつ 買（か）ったかを、 教（おし）えて。（請告訴我這本雜誌是什麼時候買的。）

1. 母は　いつ　帰って　くる　か、　わかりません。
   部長は　いつ　出かけた　　知って　いますか。
   どの　スイカが　一番　甘い　当てて　みて　ください。
   これは　どこで　買った　物　覚えて　いますか。

2. 次の　会議までに　何を　したら　いいか、　教えて　ください。
   この　件は　誰に　聞いた
   次に　どこへ　行った
   どう　した

1. 例：お客さんは　明日　何時に　来ますか・聞いて　きて　ください
   →　お客さんは　明日　何時に　来るか、　聞いて　きて　ください。
   ① 山田さんは　どこへ　行きましたか・わかりません
   ② 晩ご飯は　何に　しますか・みんなで　相談して　います
   ③ みんなは　どう　思いますか・考えて　ください
   ④ 彼女は　今　どこに　いますか・教えて　ください
   ⑤ この　スマホを　修理するのに　いくら　かかりましたか・知って

   いますか
   ⑥ どの　方法が　一番　いいですか・みんなで　考えましょう
   ⑦ 彼は　何と　いう　名前ですか・忘れて　しまい　ました
   ⑧ 来年の　日経平均株価は　いくらですか・推測して　みて　ください

## 句型二

# ～か　どうか、～

　　本句型學習將一個「不含疑問詞（封閉式問句）」的疑問句作為名詞子句，放在「～が」或「～を」等助詞的前方（助詞多會省略）的描述方式。

## 例句

・| 日本語 | が　わかりません。（我不懂日文。）
・| その　話は　本当か　どうか | ~~が~~　わかりません。（我不知道那件事是真是假。）

・彼が　来ますか。　わかりません。
→彼が　来るか　どうか~~が~~、　わかりません。（我不知道他會不會。）

・間違いが　ありませんか。　もう　一度　検査して　みて　ください。
→間違いが　ないか　どうか~~を~~、　もう　一度　検査して　みて　ください。
　（請再檢查一次看看有沒有錯誤。）

・新しい　先生は　親切？　わからない。
→新しい　先生は　親切か　どうか~~が~~、　わからない。
　（我不知道新老師親不親切。）

・インターネットに　繋がりますか。　確かめて　ください。
→インターネットに　繋がるか　どうか~~を~~、　確かめて　ください。
　（請確認一下能不能連上網路。）

・美味しい？　食べて　みて。
→美味しいか　どうか、　食べて　みて。（請吃吃看，看好不好吃。）

## 練習A

1. 母は　明日　帰って　くるか　どうか、　聞いて　みます。
   部長は　もう　帰った　　　　　　　　知って　いますか。
   この　スイカは　甘い　　　　　　　　当てて　みて　ください。
   彼が　本物の　警察官　　　　　　　　わかりません。

2. 鉛筆で　書いても　いいか　どうか、　先生　　に　聞いて　くる。
   今日、　早退して　　　　　　　　　　上司
   写真を　撮って　　　　　　　　　　　スタッフ

## 練習B

1. 例：今日、　来られますか・翔太君に　聞いて　ください
   → 今日、　来られるか　どうか、　翔太君に　聞いて　ください。
   ① アメリカの　大統領が　日本に　来ますか・調べて　いるんです
   ② その　話は　本当ですか・ネットで　調べて　ください
   ③ サイズが　合いますか・着て　みて　ください
   ④ メールが　届いて　いますか・先方に　確かめて　みます
   ⑤ 本体に　傷が　ありませんか・検査した　ほうが　いいですよ
   ⑥ 住民票が　必要ですか・電話で　聞いたら　どうですか
   ⑦ 息子の　面接が　うまく　行きましたか・心配です
   ⑧ あれは　生き物ですか・わかりません

# ～て　みせます

　　此句型用於表達「做（示範）給對方看」。亦可用於表達「如果自己有心、試圖去做，就一定做得到」的口氣。若使用「～てみせて　ください」的型態，則表示「說話者請求對方為自己（或某人）示範某動作」。

**例句**

・受付の　人に　名前を　書いて　みせました。
　　（我寫名字給櫃檯的人看。）

・いつか　必ず　有名に　なって　みせる！
　　（我有一天一定要成名！）

・盆踊りを　踊って　みせて　ください。　（請跳盂蘭盆舞給我看看。）

・佐藤さん、　ジャックさんに　盆踊りを　踊って　みせて　ください。
　　（佐藤先生，請你跳盂蘭盆舞給傑克先生看看。）

・この　アプリの　使い方が　よく　わからないんですが、　一回　操作して
みせて　くれませんか。
　　（我不太懂這個 APP 的用法，可以請你用一次給我看嗎？）

1. 息子の 嫁に、 我が家の 伝統料理を 作って みせた。
   同僚に、 新しい システムを 操作して
   新入社員に、 接客の やり方を やって
   先生は 学生の 前で、 単語を 正しく 発音して
   社長は 記者会見で、 浄化処理した 水を 飲んで

2. 必ず 大学に 合格して みせる！
   将来 億万長者に なって
   今度こそ 優勝を 取って
   まだ 死にたくない。 絶対 癌を 治して

1. 例：この 機械を 操作します。
   → この 機械を 操作して みせて ください。
   ① この 歌を 歌います。
   ② この 料理を 作ります。
   ③ この ロボットを 動かします。
   ④ この 方程式を 解きます。

# ～（よ）うと 思<sup>おも</sup>って います

　　「進階 1」第 25 課「句型 4」的意向形，用於表達表達說話者向聽話者的「邀約、提議」。本句型所學習的「～（よ）うと　思<sup>おも</sup>って　います」則是用於「說話者向聽話者表達自己或他人的意志或計劃」。前方亦是接續動詞意向形。

## 例句

・これから　銀行<sup>ぎんこう</sup>へ　行<sup>い</sup>こうと　思<sup>おも</sup>って　います。（我打算現在去銀行。）

・夏休<sup>なつやす</sup>みは　海外旅行<sup>かいがいりょこう</sup>を　しようと　思<sup>おも</sup>って　います。（暑假我打算去國外旅行。）

・今日<sup>きょう</sup>は　出<sup>で</sup>かけないで、　うちで　ゆっくり　休<sup>やす</sup>もうと　思<sup>おも</sup>って　います。
（我打算今天不要出門，好好在家休息。）

・大人<sup>おとな</sup>に　なったら、　自分<sup>じぶん</sup>で　事業<sup>じぎょう</sup>を　始<sup>はじ</sup>めようと　思<sup>おも</sup>って　いる。
（我打算／想要在長大後，自己成立自己的事業。）

・翔太君<sup>しょうたくん</sup>は　将来<sup>しょうらい</sup>　外国<sup>がいこく</sup>で　働<sup>はたら</sup>こうと　思<sup>おも</sup>って　います。
（翔太將來打算／想要在國外工作。）

・A：先週<sup>せんしゅう</sup>　貸<sup>か</sup>した　本<sup>ほん</sup>、　もう　読<sup>よ</sup>みましたか。（我上星期借你的書，讀了嗎？）
　B：まだ　読<sup>よ</sup>んで　いませんが、　今晩<sup>こんばん</sup>、　子供<sup>こども</sup>が　寝<sup>ね</sup>たら　読<sup>よ</sup>もうと
　　　思<sup>おも</sup>って　います。

（我還沒讀，我打算今晚小孩睡了以後讀。）

1. 新しい iPhoneを 買おうと 思って います。
   今晩、 映画を 見よう
   そろそろ 結婚しよう
   明日 また 来よう

1. 例：夏休みに どこへ 行きますか。（ハワイ）

   → ハワイへ 行こうと 思って います。

   ① どこで 治療を 受けますか。（目白病院）

   ② どんな 犬種を 飼いますか。（マルチーズ）

   ③ いつ 出かけますか。（午後）

   ④ 誰と 旅行に 行きますか。（彼女）

   ⑤ 明日、 何を しますか。（家で 小説を 読みます。）

   ⑥ 卒業したら 何を しますか。（何も しないで ニートに なります。）

2. 例：病院へは もう 行きましたか。（仕事が 終わったら）

   → いいえ、 まだ 行って いません。
   　　仕事が 終わったら 行こうと 思って います。

   ① レポートは もう 出しましたか。（来週）

   ② 晩ご飯は もう 食べましたか。（夫が 帰って きてから 一緒に）

   ③ 欲しい 車は もう 買いましたか。（もう 少し 安く なったら）

   ④ もう 結婚しましたか。（経済的に 安定してから）

（小黃跟小張是日文補習班同學，小黃在詢問補習班老師如何到日本生活。）

黄　：大学を　卒業したら、　日本で　暮らそうと　思って
　　　いるんですが、　日本の　ビザって　どうやって　とるか
　　　教えて　くださいませんか。

先生：そうですね。　まず、　日本で　何を　するかを　決めて、
　　　それから　入管に　在留資格を　申請するんです。

先生：黄さんは　日本の　大学院で　勉強したいのですか、
　　　それとも　日本の　会社で　働きたいのですか。

黄　：できれば　就職したいんですが、　いきなり　仕事は
　　　見つからないと　思いますから、　先に　日本語学校で
　　　ビジネス日本語を　勉強しようと　思って　います。
　　　それから、　アルバイトを　しながら　就職活動を
　　　しようと　思って　います。

先生：すごいですね。　でも、　留学ビザで　アルバイトが
　　　できるかどうか、　日本語学校に　一度　確かめて
　　　みた　ほうが　いいですよ。

黃　：大學畢業後，我想在日本生活，能夠請您告訴我，

　　　日本的簽證要如何取得嗎？

老師：嗯，首先，你要先決定你在日本要幹什麼，

　　　然後再向入國管理局申請在留資格。


老師：黃先生想在日本的研究所唸書嗎？還是想要在日本的公司上班呢？

黃　：可以的話我想要就業，但我想應該沒辦法一下就可以找到工作，

　　　所以我打算先在語言學校學習商業日文。然後再一邊打工一邊找工作。

老師：好厲害喔。但是，留學簽證能不能打工，

　　　你最好向語言學校確認過比較好喔。

黄　：或いは　どこかに　就職しないで、　起業するのも

　　　ありだと　思います。


張　：起業？　大丈夫？　黄さんは　日本語能力試験の　N2 も

　　　まだ　合格して　いないよね？

黄　：馬鹿に　しないで！　今年こそ　合格して　みせるよ！

黃　：或者我覺得不要在任何公司就業，（取而代之）去創業也可以。

張　：創業？你確定（你沒問題）？小黃你連日檢的 N2 都還沒合格對吧！

黃　：別看輕我，我今年一定考過給你看！

## 填空題

1. 飛行機は　何時に　到着する（　　　）、　調べて　ください。

2. 台風 12 号が　上陸する（　　　）、　調べて　ください。

3. パソコンを　修理するの（　　　）、　いくら　かかったか　教えて。

4. 間違いが　（ありません　→　　　　　　　　　　）かどうか、　確かめて　ください。

5. 新しい　先生が　何（　　　）　いう　名前（　　　）、　忘れちゃった。

6. 息子（　　　）　自分の　名前を　書いて　みせた。

7. これから　出かけよう（　　　）　思って　います。

8. 馬鹿（　　　　　）しないで　ください。

## 選擇題

1. これから　スーパーへ　（　）んですが、　一緒に　行きませんか。

　　1　行くと　思う　　　　　　　　　2　行こうと　思います
　　3　行くと　思って　いる　　　　　4　行こうと　思って　いる

2. （　）　大声で　話さないで　ください。　びっくりしますから。

　　1　いきなり　　2　ばったり　　　3　そっくり　　　　4　ぴったり

3. 今度（　）　優勝して　見せる！

　　1　だけ　　　　2　まで　　　　　3　こそ　　　　　　4　しか

4. 仕事が　決まったら、　彼女に　プロポーズ（　）と　思って　います。

　　1　する　　　　　　2　しよう　　　　　3　しろう　　　　　4　しそう

5. 大学院に　進学するの？　（　）　就職するの？

　　1　それとも　　　　2　それから　　　　3　そしたら　　　　4　そのまま

6. 卒業後、　日本での　進学　（　）　就職を　選んだ　外国人留学生は　全体の　約12％　です。

　　1　それとも　　　　2　あるいは　　　　3　それでは　　　　　　4　いきなり

## 翻譯題

1. 娘さんは　どうして　あんな　奴と　恋に　落ちたか、　知ってる？

2. あの　店は　カレー専門店なので、　麺類が　美味しいか　どうか　わかりません。

3. 中古の　スマホを　買う　時は、　故障して　いないか　どうか　確かめてから　買った　ほうが　いいと　思うよ。

4. 我不知道會議幾點開始。

5. 這次的比賽我一定贏給你看！

6. 我打算明年辭掉工作。

# 38

## はっきり 言わせて ください。

1 使役形

2 動作者「に」使役

3 動作者「を」使役

4 ～（さ）せて ください

| | | | |
|---|---|---|---|
| いんさつ<br>**印刷します**（動） | 列印、印刷 | **アニメ**（名/1 或 0） | 動畫、卡通 |
| えんりょ<br>**遠慮します**（動） | 客氣、謝絕 | **プール**（名/1） | 游泳池 |
| にんしん<br>**妊娠します**（動） | 懷孕 | **コーチ**（名/1） | 體育教練 |
| しゅっせき<br>**出席します**（動） | 出席 | **クラシック**（名/3 或 2） | 古典 |
| けっせき<br>**欠席します**（動） | 缺席 | せいふく<br>**制服**（名/0） | 制服 |
| お<br>**降ろします**（動） | 讓…下車 | せいと<br>**生徒**（名/1） | 國、高中學生 |
| おこ<br>**怒ります**（動） | 生氣 | おうさま<br>**王様**（名/0） | 國王 |
| だま<br>**黙ります**（動） | 閉嘴、不說話 | だいじん<br>**大臣**（名/1） | 大臣 |
| しゃべ<br>**喋ります**（動） | 多嘴、說話 | どうろ<br>**道路**（名/1） | 道路 |
| とど<br>**届けます**（動） | 把…送去 | かんけい<br>**関係**（名/0） | 關係 |
| き<br>**着せます**（動） | 給…穿上 | にんぎょう<br>**人形**（名/0） | 娃娃、玩偶 |
| | | おい こ<br>**甥っ子**（名/0） | 姪子、外甥 |
| はし<br>**橋**（名/2） | 橋 | | |
| ふん<br>**糞**（名/1） | 糞、大便 | がくしゅうじゅく<br>**学習塾**（名/3） | 補習班 |
| にょう<br>**尿**（名/1） | 尿、小便 | しょくじ だい<br>**食事代**（名/0） | 餐費 |
| じゅく<br>**塾**（名/1） | 私塾、補習班 | | |

| | | | |
|---|---|---|---|
| 理事会（名 /2） | （大樓）管委會 | 不注意（名 /2） | 疏忽、不小心 |
| 議決権（名 /3） | 議決權 | | |
| 理事長（名 /2） | （大樓）主委 | 取引相手（名 /5） | 交易對象 |
| 理事（名 /1） | （大樓）委員 | お帰りですか。（慣） | 您要回去了嗎？ |
| 真ん中（名 /0） | 正中間 | | |
| 一言（名 /2） | 一句話 | | |
| 一周（名 /0） | 一圈 | | |
| ああ（感 /1） | 啊！ | | |
| 別に（副 /0） | 並非特意做 ... | | |
| 自由に（副 /2） | 自由地 ... | | |
| こんなに（副 /0） | 那樣地 | | |
| たまには（連 /3） | 偶爾 ... | | |

27

# 使役形

　　所謂的使役，指的就是某人發號施令，「強制性地」或者「允許」動作者做某動作。一類動詞僅需將（～i ます）改為（～a）段音，並加上「せます」。但若ます的前方為「い」，則並不是改為「あ」，而是要改為「わ」；二類動詞則將ます去掉替換為「させます」；三類動詞則是死記即可。

| 一類動詞： | 二類動詞： |
|---|---|
| ・買います　→　買わせます | ・見ます　→　見させます |
| ・書きます　→　書かせます | ・起きます　→　起きさせます |
| ・貸します　→　貸させます | ・出ます　→　出させます |
| ・待ちます　→　待たせます | ・寝ます　→　寝させます |
| ・死にます　→　死なせます | ・食べます　→　食べさせます |
| ・読みます　→　読ませます | ・教えます　→　教えさせます |
| 三類動詞「来ます」： | 三類動詞「します」： |
| ・来ます　→　来させます | ・します　→　させます |

・アメリカへ　行きます。（去美國。）
　　　　　　　行かせます。（讓／叫某人去美國。）

・テレビを　見ます。（看電視。）
　　　　　　見させます。（讓某人看電視。）

請將下列動詞改為使役形

例：来ます　（　来させます　）　行きます　（　行かせます　）

01. 言います　（　　　　　　　）　支払います（　　　　　　　）
02. 習います　（　　　　　　　）　手伝います（　　　　　　　）
03. 働きます　（　　　　　　　）　歩きます　（　　　　　　　）
04. 急ぎます　（　　　　　　　）　泳ぎます　（　　　　　　　）
05. 話します　（　　　　　　　）　直します　（　　　　　　　）
06. 持ちます　（　　　　　　　）　勝ちます　（　　　　　　　）
07. 遊びます　（　　　　　　　）　運びます　（　　　　　　　）
08. 飲みます　（　　　　　　　）　生みます　（　　　　　　　）
09. 作ります　（　　　　　　　）　やります　（　　　　　　　）
10. 座ります　（　　　　　　　）　入ります　（　　　　　　　）

11. 考えます　（　　　　　　　）　答えます　（　　　　　　　）
12. 教えます　（　　　　　　　）　掛けます　（　　　　　　　）
13. 調べます　（　　　　　　　）　疲れます　（　　　　　　　）
14. 始めます　（　　　　　　　）　やめます　（　　　　　　　）
15. 浴びます　（　　　　　　　）　降ります　（　　　　　　　）
16. います　　（　　　　　　　）　着ます　　（　　　　　　　）
17. 結婚します（　　　　　　　）　案内します（　　　　　　　）
18. 出張します（　　　　　　　）　留学します（　　　　　　　）
19. 勉強します（　　　　　　　）　練習します（　　　　　　　）
20. 心配します（　　　　　　　）　説明します（　　　　　　　）

## 句型二

# 動作者「に」使役

　　「主動句」改為「使役句」時，由於會多出一個發號施令者，因此主語「～は」的部分會被此發號施令者佔用。此時，原本主動句中的主語「～は」會變成被役者。若動詞為「他動詞」或「表離脱、經過、移動語意的自動詞」（「初級 3」第 14 課「句型 2」），則使用助詞「～に」表示。

## 例句

・（主動）　　　　太郎 は　掃除を　します。（太郎掃地。）
　（使役）先生 は　太郎 に　掃除を　させます。（老師叫太郎掃地。）

・（主動）　　　　花子 は　本を　読みました。（花子讀了書。）
　（使役）先生 は　花子 に　本を　読ませました。（老師讓花子讀了書。）

・（主動）　　　　学生 は　グラウンドを　走る。（學生跑操場。）
　（使役）先生 は　学生 に　グラウンドを　走らせる。（老師叫學生跑操場。）

・（主動）　　　　弟 は　橋を　渡った。（弟弟過橋。）
　（使役）父 は　弟 に　橋を　渡らせた。（爸爸讓弟弟過橋。）

・（あなたは）　子供に　スマホを　持たせますか。（你會讓小孩帶手機嗎？）

・もう　お帰りですか。　それでは　秘書に　（あなたを）　駅まで
送らせます。（您要回去了啊。那麼我請秘書送您到車站。）

1. 部長 は 課長 に 出張の レポート を 書かせました。
　　社長　　秘書　　ホテルの 予約　　　　させました。
　　私　　　息子　　好きな 漫画　　　　　読ませました。
　　母　　　姉　　　欲しい ドレス　　　　買わせました。
　　父　　　私　　　嫌な こと　　　　　　させて います。

2. 私は 息子に 道の 右側 を 歩かせた。
　　　　　　　近くの 公園　　 散歩させて いる。

1. 例：山田さんは 資料を 印刷しました。（課長）
　　→ 課長は 山田さんに 資料を 印刷させました。
　① 弟は 風邪薬を 飲みました。（母）
　② 娘は 英語を 習って います。（私）
　③ 社員は 制服を 着て います。（社長）
　④ 息子は 毎日 アニメを 見ます。（私）
　⑤ 学生は タブレットを 持って 来ました。（先生）
　⑥ 大臣は 言いたい ことを 自由に 言いました。（王様）
　⑦ 秘書は 新幹線が 何時に 着くか（を） 調べました。（部長）
　⑧ 生徒は 答えに 間違いが ないか どうか 検査して います。（先生）

# 動作者「を」使役

　　「句型 2」我們學習到了「他動詞」或者表示「表離脫、經過、移動語意的自動詞」時，被役者必須使用助詞「に」。本句型則是學習「其他自動詞」時，被役者必須使用助詞「～を」。

## 例句

- （主動）　　　　王さんが　来ました。（王先生來了。）
  （使役）部長は　王さんを　来させました。（部長讓／叫王先生來了。）

- （主動）　　　　息子は　外で　遊んで　いる。（我兒子正在外面玩。）
  （使役）私は　息子を　外で　遊ばせて　いる。（我叫／讓兒子在外面玩。）

- （主動）　　　　花子が　笑った。（花子笑了。）
  （使役）太郎は　花子を　笑わせた。（太郎逗花子笑了。）

- （主動）　　　　妹は　泣いて　います。（妹妹正在哭。）
  （使役）太郎は　いつも　妹を　泣かせて　います。（太郎總是惹妹妹哭。）

- （私は）息子を　学習塾に　通わせて　います。（我讓／叫兒子去上補習班。）

- 先生は、　宿題を　して　来なかった　生徒を　廊下に　立たせた。
  （老師讓沒做作業的學生站在走廊＜罰站＞。）

1. 部長　は　課長　を　大阪へ　出張させました。
   社長　　　秘書　　　会議に　出席させました。
   私　　　　息子　　　一人で　旅行に　行かせました。
   娘　　　　犬　　　　ベッドで　寝させて　います。
   あの人　　自分の娘　取引相手と　結婚させました。

2. 私は　妹　を　泣かせて　　　　　しまった。
   　　　弟　　　びっくりさせて
   　　　先生　　怒らせて
   　　　友達　　怪我させて
   　　　彼女　　妊娠させて
   　　　子供　　事故に　遭わせて

1. 例：娘は　買い物に　行きました。（私）
   → 私は　娘を　買い物に　行かせました。
   ① 甥っ子は　うちの　会社で　働いて　います。（父）
   ② お客さんは　私の　部屋で　休んで　います。（母）
   ③ 生徒たちは　学校の　プールで　泳ぎました。（先生）
   ④ 翔太君は　アメリカへ　留学します。（翔太君の　お父さん）
   ⑤ 母は　いつも　心配して　います。（私）
   ⑥ 進学の　ことで　父は　悩んで　います。（弟）

# ～（さ）せて　ください

　　「～て　ください」為「說話者請對方（聽話者）做某事」，而本句型「～（さ）せて　ください」則是「說話者請對方（聽話者）允許自己（或被役者）做某事」。

　　若使用「～（さ）せないで　ください」，則是「說話者請對方（聽話者）別讓自己（或被役者）做某事」。

## 例句

・これを　食べさせて　ください。（這個請讓我吃。）
　これを　子供に　食べさせないで　ください。（這個請別讓／給小孩吃。）

・今すぐ　帰らせて　ください。（請你讓我現在馬上回去。）
　こんなに　早く　生徒を　帰らせないで　ください。（不要讓學生這麼早回去。）

・A：部長は　すぐ　戻ると　思います。（我想部長應該馬上就回來了。）
　B：では、　こちらで　待たせて　ください。（那麼請讓我在這裡等候。）

・遠慮しないで、　今日の　食事代は　私に　払わせて　（ください）。
　（別客氣，今天的餐費就讓我付吧。）

・危ないですから、　子供を　道路の　真ん中で　遊ばせないで　（ください）。
　（很危險，不要讓小孩在馬路中間玩！）

・（タクシーで）あっ、　ここで　降ろして（×降りさせて）　ください。
　（啊，請在這裡讓／放我下車。）

1. 最後に （私に） 一言 言わせて ください。
   息子に この 仕事を やらせて
   ちょっと （私を） 休ませて
   息子を ここで 働かせて

2. 息子に 変な 薬 を 飲ませないで ください。
   子供 スマホ 使わせないで
   秘書 下着の 洗濯 させないで

3. 私 を 笑わせないで ください。
   先生 怒らせないで
   友達 怪我させないで
   彼女 妊娠させないで

1. 例：この 資料を コピーします。
   → この 資料を コピーさせて ください。
   例：子供は ここで ご飯を 食べません。
   → 子供に ここで ご飯を 食べさせないで ください。
   ① 今日は 早退します。
   ② 犬は ここで 糞や 尿を しません。
   ③ 病気で 苦しいから、 もう 死にます。

（大樓的管理員跟住戶小陳商量管委會的事情）

管理人：陳さん、　理事会の　件なんですけど、　たまには
　　　　出席して　くださいよ。　議決権が　足りなくて
　　　　みんなが　困って　いるんですよ。

陳　　：いや、　別に　みんなを　困らせようと　思って
　　　　欠席して　いるんじゃ　ないですけど。

管理人：じゃあ、　来週の　理事会、　出て　くれるんですね？

陳　　：さあ。　その　日に　予定が　あるか　どうか　まだ
　　　　わかりませんから、　今は　お約束は　できません。

　　　　それに、　一つ　はっきり　言わせて　ください。
　　　　理事長は　何でも　自分で　決めちゃいますから、
　　　　私たち　他の　理事が　会議に　出ても、　あまり
　　　　意味が　ないと　思いますが。

　　　　理事長が　ああですから、　みんな
　　　　出たくないんですよ。

管理員：陳先生，管委會，請你偶爾要出席啊。

　　　　議決權（數量）不夠，大家都很困擾。

小陳　：我又不是想讓大家困擾才缺席的。


管理員：所以你下個禮拜的管委會，會參加對吧。

小陳　：我不知道。現在還不知道那天會不會有事情（預定），

　　　　現在不能跟你確定。

　　　　而且，就讓我跟你明講。理事長什麼事情都自己就決定了，

　　　　我覺得我們其他的委員就算出席也沒什麼意義。

　　　　就是因為理事長那樣，所以大家都不想出席啊。

管理人：わかりました。　来週の　理事会では　私が

　　　　理事長を　黙らせます。　必ず　皆さんに　言いたい

　　　　ことを　自由に　言わせますから。


陳　　：あと、　理事長は　話が　長いですから、　あまり

　　　　関係の　ない　ことを　喋らせないで　くださいね。

管理員：我瞭解了。下個禮拜的理事會，我讓理事長閉嘴。

　　　　一定讓各位自由地講想講的事情。

小陳　：還有，理事長的話很多，不要讓他講一些無關的話題喔。

## 填空題 . . . . . . . . . . . . . . . . . . . . . . . . . . . . . . . . . . . . . . . . . . . . . . . . . . . . . . . . . . . . . . . . . . . . . .

1. 子供（　　　）　クラシック音楽を　聞かせます。

2. 息子（　　　）　塾へ　行かせました。

3. コーチは　選手たち（　　　）、　公園（　　　）　一周　走らせました。

4. 女の子（　　　）　泣かせては　いけません。

5. 社長は、　松本さん（　　　）　会議（　　　）　出席させました。

6. 首相は、　大臣（　　　）　言いたい　こと（　　　）

　　自由（　　　）　言わせました。

7. 駅の　前で　私（　　　）　降ろして　ください。

8. ドアを　開けて！　私を　ここ（　　　）　出して！


## 選擇題 . . . . . . . . . . . . . . . . . . . . . . . . . . . . . . . . . . . . . . . . . . . . . . . . . . . . . . . . . . . . . . . . . . . . . .

1. 読みたいので、　この　部分だけ　写真を　（　）　ください。
   1　取りさせて　　　2　撮らせて　　　3　撮させて　　　　4　取りらせて

2. 娘に　店の　ことを　（　）　います。
   1　手伝されて　　　2　手伝われて　　　3　手伝わせて　　　4　手伝させて

3. 娘は　人形に　服を　（　）。
   1　着させました　　　　　　　　　　2　着せました
   3　着らせました　　　　　　　　　　4　着せさせました

4. 女の子を　（　　）　ください。
　　1　泣かせないで　　　　　　　　　　2　泣きさせないで
　　3　泣きられないで　　　　　　　　　4　泣かないで

5. （　　）　飲み会に　来いよ。　みんな　君に　会いたいって　言ってるよ。
　　1　それとも　　　　　2　あるいは　　　　3　いきなり　　　　　4　たまには

6. （タクシーで）ここで　いいです。　ここで　（　　）　ください。
　　1　降りられて　　　2　降りさせて　　　3　降ろして　　　　　　4　降ろせて

## 翻譯題

1. ちょっと　待って　くださいね。　すぐ　息子に　書類を
　届けさせますから。

2. 私の　不注意で、　息子を　交通事故に　遭わせて　しまいました。

3. 危ないですから、　子供には　これを　触らせないで　ください。

4. 請讓我想一下。

5. 不好意思，明天請讓我休息。

6. 請開門！請讓我進去！（× 入らせて　ください）

# 39

こんなに　忙（いそが）しいのに、　ごめんね。

1 動詞＋ので

2 形容詞／名詞＋ので

3 動詞＋のに

4 形容詞／名詞＋のに

| | | | |
|---|---|---|---|
| ねだります（動） | 央求、纏著要 | 利益（名 /1） | 利益、利潤 |
| 間違います（動） | 錯誤 | 行列（名 /0） | 排隊、隊伍 |
| 溢れます（動） | 滿出來、充斥 | 商品（名 /1） | 商品 |
| 失礼します（動） | 失陪、告辭 | 気分（名 /1） | 心情、身體狀況 |
| 司会（名 /0） | 主持人、司儀 | 平日（名 /0） | 平日 |
| 責任者（名 /3） | 負責的人 | 祝日（名 /0） | 國定假日 |
| 観光客（名 /3） | 觀光客、遊客 | 休日（名 /0） | 休假日 |
| 食事会（名 /3） | 餐會 | 雪かき（名 /3） | 鏟雪、除雪 |
| お年寄り（名 /0） | 老年人 | 筋トレ（名 /0） | 鍛鍊肌肉 |
| 留守番（名 /0） | 看家（的人） | 仲良し（名 /2） | 要好 |
| 高校（名 /0） | 高中 | インフレ（名 /0） | 通貨膨脹 |
| 海辺（名 /0） | 海邊 | ホームレス（名 /1） | 遊民 |
| 手術（サ /1） | 手術、開刀 | (生活が) 苦しい（イ /3） | 生活困苦 |
| 症状（名 /3） | 症狀 | | |

| | | |
|---|---|---|
| 分 （名 /1） | 部分、一份 | |

| | |
|---|---|
| ぶん | |

分 （名 /1）　　　　　部分、一份

吐き気 （名 /3）　　　感到想吐

二日酔い （名 /0）　　宿醉

風邪気味 （名 /0）　　有點感冒症狀

高速道路 （名 /5）　　高速公路

旅行ツアー （名 /4）　旅行團

定時 （名 /1）　　　　準時、按時

結局 （副 /0）　　　　結果、到最後

なぜか （副 /1）　　　不知為何

あんなに （副 /0）　　那樣地

ガラガラ （副 /0）　　很空、沒人

とりあえず （副 /3）　總之、先 ...。

頭が　働きます。（慣）　　　腦袋轉得過來

疲れが　取れます。（慣）　　疲勞解消

気に　します。（慣）　　　　在意

楽しみに　します。（慣）　　我很期待

ひどく　なります。（慣）　　變嚴重

放って　おきます。（慣）　　放任不管

※真實地名：

千葉 （名 /1）　　　　千葉

45

# 動詞＋ので

　　「～ので」與「初級3」第15課「句型3」所學習到的「～から」意思相同，都是用於表達原因、理由的接續表現。但本句型學習的「～ので」口氣較為客氣、禮貌，因此多用於「請求」、「辯解」或「拒絕」時。口語時，可講成「～んで」。

## 例句

・明日の　授業で　使うので／んで、　この　辞書を　借りても　いいですか。

（因為明天上課要用，我可以跟你借這本字典嗎？）

・英語が　わからないので／んで、　日本語で　話して　もらえますか。

（我不懂英文，能請你用日文講嗎？）

・雨が　降ったので／んで、　出かけませんでした。　（因為下雨了，所以沒出門。）

・朝食は　何も　食べなかったので／んで、　頭が　働かないんです。

（因為我早餐什麼也沒吃，所以現在腦袋轉不過來。）

・Ａ：これから　映画を　見に　行きませんか。　（等一下要不要去看電影啊？）
　Ｂ：すみません、　今日は　区役所へ　行く　用事が　あるので／んで...。

（不好意思，今天有事要去區役所＜所以不能去＞。）

・息子が　家を　買いたいと　言ったので／んで、　買わせました。

（兒子說想買房，所以我就讓他買了。）

1. 車が　ない　　　　　んで、　駅まで　送って　　　　　　　もらえますか。
   ここを　通る　　　　　荷物を　他の　所に　移動して
   二人で　相談したい　　少し　の間　外して

2. 場所が　わからなかった　ので、　食事会には　行きませんでした。
   嫌いな　人が　行く
   急に　用事が　できた

3. 子供 が　旅行に　行きたい　と　言ったので、　行かせました。
   息子　　テレビを　見たい　　　　　　　　　　　見させました。
   娘　　　彼氏と　結婚したい　　　　　　　　　結婚させました。

4. 台風 で　電車が　止まった ので、　会議に　遅れて　しまいました。
   地震　　家が　倒れた　　　　　　　ホームレスに　なりました。
   風邪　　学校を　休んだ　　　　　　その　ことは　知りませんでした。

1. 例：高校では　日本語を　勉強して　いました・少しは　話せます
   → 高校では　日本語を　勉強して　いたので、　少しは　話せます。
   ① 彼が　来るか　どうか　わかりません・先に　食べましょう
   ② 彼女を　妊娠させて　しまいました・責任を　持って　結婚します
   ③ インフレで　生活が　苦しく　なりました・家を　売ろうと
   　 思って　います

## 句型二

# 形容詞／名詞＋ので

　　「句型 1」學習「～ので」前方接續動詞時，使用普通形；本句型則是學習「～ので」前方接續形容詞與名詞時，亦是使用普通形。但若前方為「ナ形容詞」或「名詞」的現在肯定時，則必須使用「～なので」的形式。口語時，亦可講成「～（な）んで」。

## 例 句

・頭が　痛いので／んで、　今日は　早退させて　ください。
　（因為我頭痛，所以今天請讓我提早回去。）

・海が　好きなので／んで、　海辺の　家を　買おうと　思って　います。
　（因為我喜歡海，所以我打算買海邊的房子。）

・今日は　日曜日なので／んで、　デパートは　混むかも　しれませんよ。
　（因為今天是星期天，所以有可能百貨公司很多人喔。）

・昨日は　雪だったので／んで、　今日は　雪かきを　しなければ　なりません。
　（昨天因為下了雪，所以今天非得除雪不可。）

・女の　子に　モテたいので／んで、　毎日　筋トレを　して　います。
　（因為我想受到女孩們的喜愛，所以我每天鍛練肌肉。）

・私は　責任者ではないので／んで、　私に　聞いても　答えられません。
　（因為我不是負責的人，你問我，我也無法回答。）

48

1. この 箱は 重いので（重くて）、　　一人では 持てません。
   家の 値段が 高いので（高くて）　　買えません。
   税金の 計算が 複雑なので（複雑で）　わかりません。
   彼女の ことが 心配なので（心配で）　眠れません。
   大学に 受かったので（受かって）　　よかったです。
   恋人に 会えたので（会えて）　　　　嬉しいです。
   恋人に 会えるので　　　　　　　　　嬉しいです。

2. 頭が 痛いので（×痛くて）、　　今日は もう 帰ります。
   もう 遅いので（×遅くて）　　　これで 失礼します。
   これは 邪魔なので（×邪魔で）　片付けても いいですか。
   昨日は 暇だったので（×暇で）　買い物に 行きました。
   授業で 使うので（×使って）　　辞書を 借りても いいですか。
   雨が 降ったので（×降って）　　出かけませんでした。

1. 例：もう 遅いです・早く 帰った ほうが いいですよ
   → もう 遅いので、 早く 帰った ほうが いいですよ。
   ① 明日は 結婚記念日です・レストランを 予約して おきました
   ② 今日は 祝日でした・会社へ 行かなくても いいです
   ③ 東京は 家賃が 高いです・千葉に 引っ越そうと 思って います
   ④ Ａ社の スマホは 操作が 簡単です・お年寄りでも 使えます
   ⑤ 危ないです・知らない 人を 家の 中に 入れないで ください

# 動詞＋のに

　　「Aのに、B」，用於表達「A為事實。但卻與此一事實預想應當得到的結果相違背」。「A這句話成立，照理說應該會是…的狀況的，但卻不是」。

　　A部分都是「已發生的事情」或者是「目前的狀態」，且多半帶有說話者驚訝、不滿的語氣在。

## 例句

・彼は　パーティーに　来ると　言ったのに、　結局　来なかった。
　　（他明明就說會來參加派對，但結果卻沒來。）

・林さんは　日本で　暮らした　ことが　あるのに、　日本語が　下手ですね。
　　（林先生明明就在日本待過，日文卻講得很爛。）

・頑張ったのに　合格できなくて、　残念です。（努力了，卻沒及格，很可惜。）

・今朝、　大事な　会議に　出席しなければ　ならないのに、
寝坊して　しまいました。
　　（今天早上必須出席重要的會議，但卻睡過頭了。）

・雨が　降って　いるのに、　出かけるんですか。（×出かけますか）
　　（在下雨耶，你還要出門喔？）

・雨が　降って　いるのに、　外で　遊ぶの？
　　（在下雨耶，你還要在外面玩喔？）

1. 彼は　いつも　いっぱい　食べる　のに、　　全然　太りません。
　　お金が　ない　　　　　　　　　　　　　　なぜか　モテます。
　　私と　約束を　した　　　　　　　　　　　来なかった。
　　雨が　降って　いる　　　　　　　　　　　外で　遊んで　いる。

2. さっき　いっぱい　食べた　　　　　のに、　まだ　食べるんですか。
　　欲しい　ものを　買って　あげた　　　　　まだ　ねだる
　　彼が　せっかく　教えて　くれた　　　　　もう　忘れた
　　子供が　泣いて　いる　　　　　　　　　　放って　おく

1. 例：運転ボタンを　押しました・エアコンが　動きません
　　→　運転ボタンを　押したのに、　エアコンが　動きません。
　① 手術を　受けました・まだ　症状が　よく　なりません
　② メールを　しました・返事が　来ませんでした
　③ コーヒーを　飲みました・まだ　眠いです
　④ 毎日　たくさん　寝て　います・疲れが　取れません
　⑤ 一週間　待ちました・商品が　まだ　届いて　いません
　⑥ 旅行を　楽しみに　して　いました・中止に　なって　しまいました
　⑦ 彼に　会った　ことが　ありません・好きに　なるのは　おかしいです
　⑧ 何度も　間違いが　ないか　確認しました・結局　間違って　いました

# 形容詞／名詞＋のに

　　「句型 3」學習「〜のに」前方接續動詞時，使用普通形；本句型則是學習「〜のに」前方接續形容詞與名詞時，亦是使用普通形。但若前方為「ナ形容詞」或「名詞」的現在肯定時，則必須使用「〜なのに」的形式。

## 例 句

- あの　歌手は　歌が　下手なのに、　なぜか　人気が　あります。
  （那個歌手唱歌唱不好，但不知道為什麼很有人氣。）

- こんなに　忙しいのに、　定時に　帰るの？
  （這麼忙？你還要準時下班啊？）

- 好きなのに　はっきり　言えない　人が　大嫌いだ。
  （我最討厭明明就喜歡但卻不敢明講的人。）

- お金が　ないのに、　無駄遣いを　する。（沒錢還亂花錢。）

- 以前　あの　店は　美味しかったのに、　最近は　まずく　なって　しまった。
  （那間店以前很好吃，現在卻變難吃了。）

- 先週　会った　時は　あんなに　元気だったのに、　コロナで　亡くなったと　聞いて、　びっくりしました。
  （上個星期見到的時候他明明就還那麼地有元氣，聽到他因為武漢肺炎過世，我嚇了一大跳。）

1. 今日は　暑い　のに、　子供たちは　外で　元気に　遊んで　います。
   ここは　不便な　家賃が　高い。
   今日は　休日な　働かなければ　なりません。

1. 例：あの　レストランは　値段が　高いです・あまり　美味しくないです
   →　あの　レストランは　値段が　高いのに、　あまり　美味しくないです。
   ① 東京の　家は　狭いです・家賃が　高いです
   ② こんなに　忙しいです・利益が　なかなか　上がりません
   ③ もう　午前０時です・夫は　まだ　帰って　きません
   ④ 彼は　話が　下手です・司会を　やらせるんですか
   ⑤ 連休じゃ　ありません・京都は　観光客で　溢れて　います
   ⑥ あんなに　仲良しでした・別れちゃったの？

2. 例：高速道路が　混んで　いますね。（今日は　平日です。）
   →　ええ、　今日は　平日なのに。
   ① 毎日　暑いですね。（もう　秋です。）
   ② 松本さんは　女性に　モテますね。（イケメンでは　ありません。）
   ③ あの　ラーメン屋さん、　行列が　できて　いますね。（美味しくないです。）
   ④ あの　カレー屋さん、　ガラガラですね。（安くて　美味しいです。）

（路易先生跟木村小姐在打工的商店內講話）

木村：ルイさん、顔色が 悪いね。 どうしたの？

ルイ：ちょっと 吐き気が する。

木村：風邪？

ルイ：それも あるかも しれないけど、 たぶん

二日酔いだと 思う。

実は 昨日、 友達が フランスから 遊びに 来たので、

夜 遅くまで 飲んでたんだ。

木村：風邪気味なのに、 そんなに 飲んでは いけないよ。

お医者さんに 診て もらった？

ルイ：いや、 二日酔いの 薬を 飲んだだけ。

木村：路易，你臉色不好耶，怎麼了呢？

路易：有點想吐。

木村：感冒嗎？

路易：或許也有影響，但我想應該是宿醉。其實昨天我朋友從法國來玩，

　　　所以我們喝到很晚。


木村：你有感冒的徵兆，還喝這麼多，不行啦！你去看醫生了嗎？

路易：沒有，只有吃了宿醉的藥。

木村：ひどく　なるかも　しれないから、　病院に　行って

　　　診て　もらった　ほうが　いいよ。

ルイ：うん、　そうする。　ごめんね、　今日は　お店が

　　　忙しいのに。

　　　午後から　休ませて。

木村：気に　しないで。

　　　今日は　もう　お店に　戻って　来なくても

　　　いいから、　病院が　終わったら　ゆっくり

　　　お家で　休んでね。

木村：搞不好會變嚴重，你最好去醫院看醫生。

路易：好的，就這麼做。抱歉，今天店裡很忙（我還搞這齣）。

讓我下午開始休息。

木村：別在意。你今天可以不用回來店裡了，醫院結束後，好好在家休息喔。

## 填空題

1. 英語が わからない（　　　　）、 旅行ツアーに 参加しました。

2. 英語が わからない（　　　　）、 一人で 海外旅行を するんですか。

3. 彼女（　　　　） 来るので、 急いで 部屋を 掃除します。

4. 雪（　　　） 新幹線が 止まったので、 会議に 出られませんでした。

5. 暇（　　　）ので、 どっか（どこか）へ 出かけよう。

6. また あなたに 会えるのを 楽しみ（　　　） して います。

7. 頭が 痛くて、 吐き気（　　　） します。

8. 気（　　　） するな！ 友達じゃないか！

## 選擇題

1. 彼は 風邪（ ） 寝込んで います。

   1　で　　　　　　　2　に　　　　　　　3　ので　　　　　　　4　のに

2. こんなに 暑い（ ）、 子供は 外で 遊んで います。

   1　ので　　　　　　2　のに　　　　　　3　なので　　　　　　4　なのに

3. うちで 留守番を して いる 子供の ことが 心配（ ）、
   早く 帰りたいです。

   1　ので　　　　　　2　のに　　　　　　3　なので　　　　　　4　なのに

4. 気分が　（　）、　先に　帰ります。
　　1　悪くて　　　　　2　悪いで　　　　　3　悪いのに　　　　4　悪いので

5. 今日は　日曜日なのに、　（　）。
　　1　会社へ　行きますか　　　　　2　会社へ　行くんですか
　　3　会社を　休みます　　　　　　4　会社を　休むんです

6. 顔色が　悪いですね。　（　）。
　　1　医者を　診ましたか　　　　　2　医者に　診ましたか
　　3　医者に　診て　もらいましたか　　　4　医者を　診て　もらいましたか


## 翻譯題 ......

1. せっかく　彼が　映画に　誘って　くれたのに、　都合が　悪くて
　　行けなかった。

2. 彼が　来るかどうか　わからないので、　とりあえず、　彼の　分も
　　用意して　おきましょう。

3. 子供が、　さっき　晩ご飯を　食べたのに、　まだ　食べたいと　言って
　　いるので　残りの　ご飯を　全部　食べさせた。

4. 我有事，可以先回去嗎？

5. 這麼地忙，你要走了＜回去了＞喔？

6. 每天都吃藥，但病都不會好。

# 40

何<sup>なに</sup>も　して　あげない　つもりです。

何も　して　あげない　つもりです。

- **1** ～と
- **2** ～ないと
- **3** ～ために
- **4** ～つもりです

| | | | | |
|---|---|---|---|---|
| 聴きます (動) | 專心聽、聆聽 | | 再就職します (動) | 再就業 |
| 育ちます (動) | 生長 | | 売り切れます (動) | 完售、賣光 |
| 生きます (動) | 活著、生活 | | | |
| 戦います (動) | 戰鬥、奮戰 | | タップします (動) | 輕點螢幕 |
| 祝います (動) | 慶祝 | | クリックします (動) | 點按滑鼠 |
| 溶けます (動) | 融化 | | ログインします (動) | 登入系統 |
| 生えます (動) | 長出、發霉 | | プレゼントします (動) | 贈送 |
| 沸騰します (動) | 沸騰 | | | |
| 後悔します (動) | 後悔 | | 氷 (名/0) | 冰、冰塊 |
| 転落します (動) | 淪落、墜落 | | 角 (名/1) | 轉角 |
| 設置します (動) | 設置、設立 | | 孫 (名/2) | 孫子 |
| 同棲します (動) | 同居 | | カビ (名/0) | 黴菌、發霉 |
| 移住します (動) | 移居 | | 周り (名/0) | 周遭、附近 |
| 取得します (動) | 取得 | | 通り (名/3) | 馬路 |
| 発生します (動) | 發生、產生 | | 大通り (名/3) | 大馬路 |
| | | | 白ご飯 (名/3) | 白米飯 |

| | | | |
|---|---|---|---|
| 作物 (名/2) <ruby>作物<rt>さくもつ</rt></ruby> | 農作物 | 内面 (名/0) <ruby>内面<rt>ないめん</rt></ruby> | 內部、精神 |
| 湿度 (名/2 或 1) <ruby>湿度<rt>しつど</rt></ruby> | 濕度 | 着信音 (名/3) <ruby>着信音<rt>ちゃくしんおん</rt></ruby> | 來電鈴聲 |
| 所得 (名/0) <ruby>所得<rt>しょとく</rt></ruby> | 收入、淨所得 | 奨学金 (名/0) <ruby>奨学金<rt>しょうがくきん</rt></ruby> | 獎學金 |
| 画像 (名/0) <ruby>画像<rt>がぞう</rt></ruby> | 圖片 | 高級 (ナ/0) <ruby>高級<rt>こうきゅう</rt></ruby> | 高級 |
| 郊外 (名/1) <ruby>郊外<rt>こうがい</rt></ruby> | 郊外 | 幸せ (ナ/0) <ruby>幸せ<rt>しあわ</rt></ruby> | 幸福 |
| 老後 (名/0) <ruby>老後<rt>ろうご</rt></ruby> | 老後、晚年 | 普段 (副/1) <ruby>普段<rt>ふだん</rt></ruby> | 平常 |
| 一生 (名/0) <ruby>一生<rt>いっしょう</rt></ruby> | 一輩子 | 一遍に (副/3) <ruby>一遍に<rt>いっぺん</rt></ruby> | 一次就要... |
| 資格 (名/0) <ruby>資格<rt>しかく</rt></ruby> | 證照、資格 | そこまで (副/3) | 做到那樣 |
| 戦争 (サ/0) <ruby>戦争<rt>せんそう</rt></ruby> | 戰爭 | 確か (副/1) <ruby>確か<rt>たし</rt></ruby> | 我記得好像... |
| 政府 (名/1) <ruby>政府<rt>せいふ</rt></ruby> | 政府 | 代わりに (接/0) <ruby>代わりに<rt>か</rt></ruby> | 取而代之 |
| 国民 (名/0) <ruby>国民<rt>こくみん</rt></ruby> | 國民 | | |
| 土日 (名/0) <ruby>土日<rt>どにち</rt></ruby> | 星期六、日 | スパ (名/1) | SPA、水療 |
| 視聴 (サ/0) <ruby>視聴<rt>しちょう</rt></ruby> | 收聽收看 | ジャズ (名/1) | 爵士樂 |
| 期限 (名/1) <ruby>期限<rt>きげん</rt></ruby> | 期限 | アイコン (名/0) | 圖標 |
| 外見 (名/0) <ruby>外見<rt>がいけん</rt></ruby> | 外表、外觀 | ビーガン (名/1) | 素食主義者 |

| | | | |
|---|---|---|---|
| フレンチ （名 /2） | 法式（料理） | 下流老人 （名 /4）<br>かりゅうろうじん | 社會底層的老人 |
| マヨネーズ （名 /3） | 美乃滋 | 国際会議 （名 /5）<br>こくさいかいぎ | 國際會議 |
| アイディア （名 /1） | 主意、想法 | 新婚旅行 （名 /5）<br>しんこんりょこう | 蜜月旅行 |
| サプライズ （名 /3） | 驚喜 | 日本語教師 （名 /5）<br>にほんごきょうし | 日語老師 |
| ジグソーパズル<br>（名 /5） | 拼圖 | 多言語看板 （名 /5）<br>たげんごかんばん | 多語言標示看板 |
| 東 （名 /0）<br>ひがし | 東邊 | 経営 （サ /0）<br>けいえい | 經營 |
| 西 （名 /0）<br>にし | 西邊 | 管理 （サ /1）<br>かんり | 管理 |
| 南 （名 /0）<br>みなみ | 南邊 | レンタル動画 （名 /5）<br>どうが | 網路上的串流<br>租借影片 |
| 北 （名 /0）<br>きた | 北邊 | | |
| ～目 （接尾）<br>め | 第 ... 個 | 気が 済みます。<br>き　　す<br>（慣） | 甘願、甘心、安心 |
| ～券 （接尾）<br>けん | 券 | 大金を 叩きます。<br>たいきん　　はた<br>（慣） | 花大錢、揮霍大錢 |
| ～度 （助數）<br>ど | 溫度度數 | 結婚式を<br>けっこんしき<br>挙げます。 （慣）<br>あ | 辦結婚典禮 |
| 花火大会 （名 /4）<br>はなびたいかい | 煙火大會 | 念の ため （慣）<br>ねん | 慎重起見、以防萬一 |
| 数量限定 （名 /3）<br>すうりょうげんてい | 限量 | 愛する 人 （慣）<br>あい　　ひと | 心愛的人 |

※真實地名：

**丸の内**（名/3）　　　丸之內

**ギリシャ**（名/1）　　希臘

**ウクライナ**（名/3）　烏克蘭

# ～と

「Ａと、Ｂ」用於表達「只要一發生Ａ／只要做了Ａ這個動作，Ｂ這件事情一定就會跟著發生／會變成這樣的狀態」。Ａ句可為動詞、形容詞以及名詞，但Ｂ句不可有說話者的「意志、命令、勧誘、許可、希望…」等表現。

此句型多用於表達自然現象、物理法則、機械操作、法律規則、反覆習慣以及報路的語境，因此Ａ、Ｂ部分都不會使用非過去的「～た」形。

## 例句

・Ａ：スマホの 着信音が 小さくて 聞こえないんですが...。
（智慧型手機的來電鈴聲很小聲，我聽不見耶。）

Ｂ：ああ、 この ボタンを 何回か 押すと、 音が 大きく なりますよ。
（啊，你多按幾次這個按鈕，就會變大聲了喔。）

・Ａ：すみません。 ここから 東京駅へは どう 行きますか。
（不好意思，從這裡怎麼到東京車站呢？）

Ｂ：あそこに コンビニが ありますね。 （那裡有便利商店對吧。）
あの コンビニの 角を 左に 曲がると 大通りに 出ます。
（那個便利商店的角落往左轉，就會出去到大馬路。）
その 通りを 北に 向かって まっすぐ 800メートルぐらい 行くと、
右側に 東京駅の 丸の内改札口が 見えますよ。
（那條馬路往北直直走大約800公尺左右，右邊就會看到東京車站的丸之內檢票口喔。）

1. 春に　なる　　　　　　　　と、　　暖かく　なります。
   氷が　溶ける　　　　　　　　　　　水に　なる。
   この　ボタンを　押す　　　　　　　水が　出ます。
   所得が　発生する　　　　　　　　　税金が　かかります。
   ２つ目の　信号を　右へ　曲がる　　左側に　銀行が　ある。
   山田さんに　メールする　　　　　　いつも　すぐに　返事が　来る。
   彼が　遊びに　来る　　　　　　　　（私は）　勉強が　できなく　なる。

2. お寿司は　醤油を　つける　　　と、　　美味しいですよ。
   ジャズを　聴く　　　　　　　　　　　楽しいです。
   この　機械は　使い方を　間違える　　とても　危険です。

3. 湿度が　高い　　　　　　と、　　カビが　生えて　しまいます。
   周りが　あまり　静かだ　　　　　勉強に　集中できません。
   雨だ　　　　　　　　　　　　　　花火大会は　中止です。

1. 例：水は　100度に　なります・沸騰します
   →　水は　100度に　なると、　沸騰します。
   ① そんなに　食べます・太りますよ
   ② ビールは　冷やします・美味しいですよ
   ③ スマホの　画像を　タップします・保存できます
   ④ この　アイコンを　クリックします・ログインできます

# 〜ないと

「Aないと、B」意思是「如果沒發生A／只要不做A這個動作，就（會發生B這樣不太好的事態）...」。多用於勸告聽話者要去做A這件事。

若B的部分為否定，以「Aないと、Bない」的形式，則是表達「A如果沒發生／不成立，那麼B也不會發生」。

若B的部分為「いけない／駄目だ」等詞彙，則意思相當於「初級3」第17課「句型3」所學習的「〜なければ　なりません」。

## 例 句

- 数量限定ですから、　急がないと　売り切れて　しまいますよ。

（因為是限量品，所以不趕快的話就會賣光喔。）

- お金に　ついて　勉強して　おかないと、　年を　取ってから　後悔するよ。

（你如果沒有針對錢＜的知識＞學習，等你老了會後悔喔。）

- 君が　そばに　いて　くれないと、　俺は　壊れちゃうよ。

（你不在我身邊的話，我會完蛋啊。）

- タブレットは　軽くないと、　持ち歩くのに　大変です。

（平板電腦如果不輕的話，帶著走會很不方便。）

- 目が　悪いですから、　眼鏡が　ないと　何も　見えません。

（我眼睛不好，如果沒有眼鏡的話，就什麼都看不見。）

1. 客が　来ない　　　　　と、　　困ります。
   早く　出かけない　　　　　　　遅刻します。
   人間は　何も　食べない　　　　死んじゃいます。

2. 薬を　飲まない　　　　　と、　病気が　治りませんよ。
   早く　出発しない　　　　　　　間に　合いません。
   お金が　ない　　　　　　　　　何も　できません。
   郊外の　家は　安くない　　　　売れません。
   静かで　ない　　　　　　　　　集中できません。
   この　ことは　犯人で　ない　　わかりません。

3. 明日　働か　　　ないと　駄目です。／いけません。
   学校に　来

1. 例：雨が　降りません・作物は　育ちません
   →　雨が　降らないと、　作物は　育ちません。
   ① 働きません・生きて　いけません
   ② 成績が　よく　ありません・奨学金が　もらえません
   ③ 体が　丈夫では　ありません・旅行に　行きたくても　いけません
   ④ 今　貯金して　おきません・将来　下流老人に　転落して　しまいますよ
   ⑤ あいつを　殴りません・気が　済みません

## 句型三

# ～ために

　　「Aために、B」用於表「為了A這個目的，而做了B」。A為「動詞原形」或「名詞」。A、B兩句都必須是意志性的動作，動作主體也都得是同一人。此外，若A為表「機關團體」或「某人」的「名詞」，則解釋為「為了此人／該團體的利益」。

## 例句

・彼は　いい　大学に　入る　ために、　毎日　一生懸命　勉強して　います。
（他為了進好大學，每天努力讀書。）

・孫の　近況を　知る　ために、　SNSを　始めようと　思って　います。
（我為了要了解孫子的近況，打算開始使用社交軟體。）

・A：老後の　ために、　何かを　して　いますか。（你有為了老後而做些什麼事嗎？）
　B：はい。　不動産の　投資を　して　います。（有。投資不動產。）

・家族の　ために、　一生懸命　働いて　いる。（我為了家人，努力工作。）

・会社の　ために、　そこまで　頑張る　必要は　ないと　思う。
（我覺得沒必要為了公司，拼死拼活到那個地步。）

・留守番を　して　いる　犬の　ために、　エアコンを　つけて　います。
（我為了在家看家的小狗，而開了冷氣。）

1. 家を　買う　ために、　貯金を　して　います。
   旅行の
   子供の

1. 例：黄さんは　経済を　勉強します・日本へ　来ました
   → 黄さんは　経済を　勉強する　ために、　日本へ　来ました。
   ① 日本語教師に　なります・資格を　取りました
   ② 癌を　治します・大金を　叩いた
   ③ 日本で　起業します・「経営・管理」の　在留資格を　取りました
   ④ 国際会議に　出ます・わざわざ　ニューヨークまで　行った

2. 例：翻訳アプリを　ダウンロードしました。（海外旅行）
   → 海外旅行の　ために、　翻訳アプリを　ダウンロードしました。
   ① アパートを　借りました。（就職）
   ② 働かなければ　なりません。（生活）
   ③ ビーガンに　なろうと　思って　います。（健康）
   ④ もう　一度　確認します。（念）
   ⑤ 頑張ります。（子供）
   ⑥ 多言語看板を　設置して　あります。（外国人観光客）
   ⑦ あなたは　死ねますか。（愛する　人）
   ⑧ 戦争が　始まったら　戦いますか。（国）

# ～つもりです

本句型用於表達「說話者（先前就已決定好的）堅決意志或計畫」。此外，若說話者很明確地知道第三者的意志時，亦可用來表達第三人稱的意志。

## 例句

・戦争が　終わったら、　ウクライナへ　旅行に　行く　つもりです。
（等到戰爭結束後，我打算要去烏克蘭旅行。）

・A：新しい　iPhoneが　出たら　買う？（出新 iPhone 的話你要買嗎？）
　B：いや。　お金が　ないから、　出ても　買わない　つもりです。
（不。因為我沒有錢，所以就算出了，我也打算不買。）

・子供が　嫌いだから、　将来　子供は　産まない　つもりだ。
（因為我討厭小孩子，所以我將來打算不生小孩。）

・父さんは　家を　売る　つもりよ。（爸爸打算賣房子喔。）
　早く　止めないと　住む　ところが　なくなるよ。
（不快阻止他的話，會沒地方住喔。）

・犬の　ために、　郊外へ　引っ越す　つもりです。（我打算為了小狗搬去郊區。）

・孫の　近況を　知る　ために、　SNSを　始める　つもりです。
（我為了要了解孫子的近況，打算開始使用社交軟體。）

1. 今度の　連休は、　　ヨーロッパへ　旅行に　行く　つもりです。
　　　　　　　　　　　　田舎に　帰らない

2. 私は　　彼女と　結婚する　　　つもりです。
　　　　　　結婚式を　挙げない
　　　　彼　会社を　辞める
　　　　　　再就職しない

1. 例：結婚式は　ハワイで　やります。
　　→　結婚式は　ハワイで　やる　つもりです。
　① 新婚旅行は　ギリシャへ　行きます。
　② 結婚したら　今の　仕事を　辞めます。
　③ 政府は　国民を　死ぬまで　働かせます。
　④ 弟は　親の　遺産で　一生　遊んで　暮らします。

2. 例：結婚したら　子供を　産みますか。（大変です。）
　　→　いいえ。　大変なので、　子供は　産まない　つもりです。
　① 年を　取ったら　運転しますか。（危ないです。）
　② 土日も　働きますか。（人生は　仕事だけじゃ　ありません。）
　③ 中国に　行ったら　王さんに　会いますか。（そんな　暇は　ありません。）
　④ 大学を　卒業したら　大学院へ　行きますか。（家族の　ために
　　働かなければ　なりません。）

（山田小姐、呂先生以及林小姐，在談論有關小陳生日的事）

山田：もうすぐ　陳さんの　誕生日ですね。　何か

　　　してあげようと　思って　いるんですが、　何か　いい

　　　アイディアは　ありませんか。

呂　：そうですね、　スパを　予約して　あげるのは

　　　どうですか。

　　　最近、　会社が　大変だと　いつも　言って　いるし …。

山田：でも、　スパだと　先に　陳さんの　都合を　聞かないと

　　　予約できませんから、　サプライズでは

　　　なくなっちゃいます。

呂　：でしたら、　直接　スパ券を　プレゼントしたら

　　　どうですか。

山田：スパ券は　一遍に　10枚　買わないと　駄目ですし、

　　　期限を　過ぎると　使えなく　なっちゃいますから …。

山田：呂さんは　何か　プレゼントとか　しますか。

呂　：ええ。　自分で　大きい　ケーキを　作って、　会社で

　　　みんなで　食べて、　お祝いして　あげる　つもりです。

山田：馬上就是小陳的生日了耶。我想說要為他做些什麼，有什麼好的主意嗎？

呂　：嗯，幫他預約 SPA 如何？他最近一直喊說公司很辛苦。

山田：但是，SPA 的話，如果不先問小陳方便的時間，就無法預約，

　　　這樣會沒有驚喜。

呂　：那麼直接給他 SPA 卷如何？

山田：SPA 卷必須要一次買十張，而且期限過了就不能用了 ...。


山田：那呂先生你有要送什麼禮物之類的嗎？

呂　：有。我打算自己做個大蛋糕，然後在公司大家一起吃，為他慶祝。

山田：へえ、　呂さんって、　ケーキが　作れるんですか？

　　　すごいですね！

呂　：ええ、　買うと　高いので、　その　ために　母から

　　　作り方を　教えて　もらいました。


山田：ところで、　彼女で　同棲も　して　いる　林さんは？

林　：私は　普段から　陳さんの　ために　色々　やって

　　　あげて　いますから、　彼の　誕生日は　何も　して

　　　あげない　つもりです。

　　　代わりに、　高級の　フレンチ・レストランを　もう

　　　予約して　ありますから、　一緒に　行く　つもりです。

　　　もちろん　食事代は　陳さんに　払わせますよ。

山田、呂：幸せですね！

山田：啊，呂先生你會做蛋糕啊，好厲害喔。

呂　：是啊，用買的話很貴，因此我向媽媽學了（製作蛋糕）的方法。


山田：對了，那身為女友，又同居的林小姐呢？

林　：我平時就已經為了小陳做很多事了，他的生日我打算什麼都不做。

　　　取而代之，我已經預約好了高級法式料理的餐廳，打算要一起去。

　　　當然，錢要叫他付。

山田、呂：好幸福喔。

## 填空題

1. 信号（　　　）　右（　　　）　曲がると、　左側（　　　）　コンビニが
あります。

2. ステーキは　白ご飯と　一緒に　食べる（　　　）　美味しいですよ。

3. 君（　　　）　やらないと、　困ります。

4. この　タブレットは　軽くて、　持ち歩くの（　　　）　便利です。

5. 早く　ジグソーパズルを　完成させないと、　気（　　　）　済まない。

6. 将来（　　　）　ために、　今　頑張らないと　いけません。

7. 日本に　移住したいんですが、　何（　　　）　いい　方法は　ありませんか。

8. (承上題) 日本で　起業して、　「経営・管理」ビザを　取得するの（　　　）
どうですか。

## 選擇題

1. お金が　（　）、　旅行に　行きたいです。

　　1　あると　　　　　2　あっても　　　3　あったら　　　　4　あるのに

2. 春に　なると、　（　）。

　　1　桜が　咲く　　　　　　　　　　2　旅行へ　行きたい
　　3　花見を　しない？　　　　　　　4　結婚しよう

3. 大阪から　東京まで　飛行機（　）　約　1時間です。

　　1　とは　　　　　2　だと　　　　　3　のに　　　　　4　には

4. ダイエットして　いますから、　晩ご飯は　（　　）　つもりです。

　　1　食べる　　　　　2　食べない　　　　3　食べた　　　　　4　食べます

5. もっと　節約しないと、　お金が　（　　）　なるよ。

　　1　ないに　　　　　2　ないと　　　　　3　なく　　　　　　4　なくし

6. いい　天気だと　どっかへ　遊びに　行きたく　なるね。
　　（　　）　もう　朝ご飯は　食べた？

　　1　あるいは　　　　2　かわりに　　　　3　でしたら　　　　4　ところで

## 翻譯題

1. 明日、　重要な　会議が　あるから、　会社へ　行かないと　駄目なんだ。

2. いい　男に　なる　ために、　外見や　内面を　磨いて　います。

3. レンタル動画は、　視聴期限を　過ぎると　見られなく　なるから、
　　早く　見よう。

4. 這個加上美乃滋（マヨネーズ）很好吃喔。

5. 我沒有錢，所以我打算一輩子不結婚。

6. 你到底是為了什麼而拼死拼活（一生懸命）地工作？

# 41

後ろから　頭を　殴られて ...。

| | | | |
|---|---|---|---|
| 叱ります (動) | 責罵 | 反対します (動) | 反對 |
| 褒めます (動) | 誇獎 | 信頼します (動) | 信賴 |
| 噛みます (動) | 咬 | 招待します (動) | 招待 |
| 刺します (動) | 刺、叮 | 注意します (動) | 叮嚀、警告 |
| 殺します (動) | 殺 | 没収します (動) | 沒收 |
| 盗みます (動) | 偷、盜取 | 通報します (動) | 報警 |
| すります (動) | 扒竊 | 命令します (動) | 命令 |
| 抱きます (動) | 抱、環抱 | しっかりします (動) | 可靠 |
| 撫でます (動) | 撫摸 | 話しかけます (動) | 搭話 |
| 求めます (動) | 徵求 | 割り込みます (動) | 擠進、插（隊） |
| いじめます (動) | 欺負、霸凌 | 知り合います (動) | 結交 |
| つねります (動) | 擰、捏 | | |
| パクります (動) | 剽竊、盜用 | 尻 (名/2) | 屁股 |
| 捕まります (動) | 被捕獲 | 頬 (名/1) | 臉頰 |
| 捕まえます (動) | 去抓捕 | 腕 (名/2) | 胳膊、手腕 |
| 可愛がります (動) | 疼愛 | 担任 (名/0) | 級任老師 |
| 引っ張ります (動) | 拉、拖 | すり (名/1) | 扒手 |
| | | 泥棒 (名/0) | 小偷、賊 |

| | |
|---|---|
| 痴漢 (名 /0)<br>ち かん | 色狼 |
| 乗客 (名 /0)<br>じょうきゃく | 乘客 |
| 兵士 (名 /1)<br>へい し | 士兵 |
| 長官 (名 /0)<br>ちょうかん | 長官 |
| 警官 (名 /0)<br>けいかん | 警察 |
| 警察署 (名 /5)<br>けいさつしょ | 警察局 |
| 運転手 (名 /3)<br>うんてんしゅ | 司機 |
| 面接官 (名 /4)<br>めんせつかん | 面試官 |
| 通り魔 (名 /3)<br>とお ま | 在路上隨機殺人者 |
| 蜂 (名 /0)<br>はち | 蜜蜂 |
| 列 (名 /1)<br>れつ | 隊伍、排隊 |
| 治安 (名 /0)<br>ち あん | 治安 |
| 最悪 (ナ /0)<br>さいあく | 真糟，有夠差 |
| 余計 (ナ /0)<br>よ けい | 多餘 |
| ディナー (名 /1) | 正式的晚餐 |
| ロマンチック (名 /4) | 浪漫 |
| マッチングアプリ<br>(名 /6) | 交友軟體 |

| | |
|---|---|
| 乗り物 (名 /0)<br>の もの | 交通工具、遊樂園的遊樂設施 |
| 考えすぎ (慣 /0)<br>かんが | 想太多 |
| それ以来 (慣 /3)<br>い らい | 自 ... 以來 |
| これ以上 (慣 /3)<br>い じょう | 再更加地 ... |
| 一つ上 (慣)<br>ひと うえ | 多一年級的 |
| 実は (副 /2)<br>じっ | 其實 |
| 監視カメラ (名 /4)<br>かん し | 監視攝影機 |
| 日本文化 (名 /4)<br>に ほんぶん か | 日本文化 |
| 恋愛経験 (名 /5)<br>れんあいけいけん | 戀愛經歷 |
| 交通違反 (名 /5)<br>こうつう い はん | 交通違規 |
| 気に なります。(慣)<br>き | 介意、喜歡 |

# 被動形

　　被動（受身），是一種站在動作接受者視點的表達方式，中文翻譯為「被...」。一類動詞僅需將（～iます）改為（～a）段音，並加上「れます」。但若ます的前方為「い」，則並不是改為「あ」，而是要改為「わ」；二類動詞則將ます去掉替換為「られます」；三類動詞則是死記即可。

| 一類動詞： | | 二類動詞： | |
|---|---|---|---|
| ・買<sub>か</sub>います → 買<sub>か</sub>われます | | ・見<sub>み</sub>ます → 見<sub>み</sub>られます | |
| ・書<sub>か</sub>きます → 書<sub>か</sub>かれます | | ・起<sub>お</sub>きます → 起<sub>お</sub>きられます | |
| ・消<sub>け</sub>します → 消<sub>け</sub>されます | | ・止<sub>と</sub>めます → 止<sub>と</sub>められます | |
| ・待<sub>ま</sub>ちます → 待<sub>ま</sub>たれます | | ・寝<sub>ね</sub>ます → 寝<sub>ね</sub>られます | |
| ・死<sub>し</sub>にます → 死<sub>し</sub>なれます | | ・食<sub>た</sub>べます → 食<sub>た</sub>べられます | |
| ・読<sub>よ</sub>みます → 読<sub>よ</sub>まれます | | ・教<sub>おし</sub>えます → 教<sub>おし</sub>えられます | |
| 三類動詞「来<sub>き</sub>ます」： | | 三類動詞「します」： | |
| ・来ます → 来<sub>こ</sub>られます | | ・します → されます | |

## 例 句

・殴<sub>なぐ</sub>り~~ます~~。（揍人。）
　殴<sub>なぐ</sub>られます。（被揍。）

・見<sub>み</sub>~~ます~~。（看。）
　見<sub>み</sub>られます。（被看。）

請將下列動詞改為被動形

例： 来ます （ 来られます ） 書きます （ 書かれます ）

01. 言います （ ） 支払います （ ）
02. 習います （ ） 手伝います （ ）
03. 働きます （ ） 歩きます （ ）
04. 急ぎます （ ） 泳ぎます （ ）
05. 話します （ ） 直します （ ）
06. 持ちます （ ） 勝ちます （ ）
07. 遊びます （ ） 運びます （ ）
08. 飲みます （ ） 生みます （ ）
09. 作ります （ ） やります （ ）
10. 座ります （ ） 入ります （ ）


11. 考えます （ ） 答えます （ ）
12. 教えます （ ） 掛けます （ ）
13. 調べます （ ） 遅れます （ ）
14. 始めます （ ） やめます （ ）
15. 浴びます （ ） 降ります （ ）
16. います （ ） 着ます （ ）
17. 結婚します （ ） 案内します （ ）
18. 出張します （ ） 留学します （ ）
19. 勉強します （ ） 練習します （ ）
20. 心配します （ ） 説明します （ ）

## 句型二

# 直接被動 I

　　「直接被動」從主動句轉換成被動句時，不需增減任何補語（名詞＋助詞的組合）。這裡學習將「Ａは（が）　Ｂを」型與「Ａは（が）　Ｂに」型的主動句，改為被動句。Ａ、Ｂ皆為「人」。至於主動句為哪種型式，取決於動詞的語意。但改為被動句後，皆為「Ｂは（が）　Ａに」的型式。

## 例 句

- （主動）先生は　太郎を　叱りました。（老師罵太郎。）
  （被動）太郎は　先生に　叱られました。（太郎被老師罵。）

- （主動）先生は　花子を　褒めました。（老師誇獎花子。）
  （被動）花子は　先生に　褒められました。（花子被老師誇獎。）

- （主動）太郎は　花子に　キスした。（太郎親花子。）
  （被動）花子は　太郎に　キスされた。（花子被太郎親。）

- 早く　しないと　先生に　叱られるよ。（你再不快點，會被老師罵喔。）

- 親に　反対されても、　彼女と　結婚する　つもりです。

　（即便被雙親反對，我也打算和她結婚。）

- 彼は　しっかり　しているので、　会社で　同僚に　信頼されて　います。

　（因為他＜做事＞很可靠，所以在公司受到同事們的信任。）

1. 私 は 翔太君 に 殴られました。
   弟　　　犬　　　　噛まれました。
   王さん　　社長　　　呼ばれました。
   あの子　　みんな　　可愛がられて　います。

1. 例：警察官は　泥棒を　捕まえました。
   → 泥棒は　警察官に　捕まえられました。
   ① 翔太君は　私を　笑いました。
   ② 親戚の　叔母さんは　私を　育てました。
   ③ 知らない　人が　私を　助けました。
   ④ あの人が　父を　殺しました。
   ⑤ 変な　おじさんが　私に　話しかけました。

2. 例：警察官は　犯人を　警察署へ　連れて　いきました。
   → 犯人は　警察官に　警察署へ　連れて　いかれました。
   ① 陳さんは　私を　パーティーに　招待しました。
   ② 娘は　朝早く　私を　起こしました。
   ③ 会社の　子が　吉田さんを　ディナーに　誘いました。
   ④ 彼は　監視カメラで　私を　見て　います。
   ⑤ 同級生が　いつも　あの子を　いじめて　います。

# 直接被動 II

　　本句型學習將「Aは（が）　Bに　物／事を」型與「Aは（が）　Bに　〜と／〜に　ついて」型的主動句改為被動句。A、B皆為「人」。改為被動句後，亦為「Aは（が）　Bに」的型式。「物／事を」以及「〜と／〜について」的部分助詞不變。

## 例句

- （主動）太郎は　花子に　仕事を　頼みました。（太郎請託花子做工作。）
  （被動）花子は　太郎に　仕事を　頼まれました。（花子被太郎請託做工作。）

- （主動）彼女は　私に　大嫌いだと　言った。（女友對我說「最討厭你了」。）
  （被動）私は　彼女に　大嫌いだと　言われた。（我被女友說「最討厭你了」。）

- （主動）外国人が　私に　日本文化に　ついて　聞きました。
  （外國人問了我有關日本文化的事。）
  （被動）私は　外国人に　日本文化に　ついて　聞かれました。
  （我被外國人問了有關日本文化的事。）

- ずっと　気に　なって　いた　子に、　付き合って　ほしいと　言われて　嬉しかった。
  （我被一直喜歡的人講說希望跟她／她交往，好開心。）

- 担任の　先生に　もっと　真面目に　勉強しろと　注意されたので、　今度の　連休は　遊びに　行かないで、　うちで　勉強する　つもりです。
  （被級任老師叮嚀說「要更認真讀書」，所以這次連休我打算不去玩，要在家唸書。）

1. 私は　警官に　　住所を　　聞かれました。
　　　　同僚　　　意見　　　求められました。
　　　　課長　　　彼女　　　紹介されました。

2. 私は　先生に、　授業中に　スマホを　使っては　いけない　と　言われた。
　　　　　　　　　二度と　遅刻するな

3. 私は　彼に、　レポートの　内容に　ついて　聞かれた。
　　　　　　　　恋愛経験

1. 例：ジャック先生は　翔太君に　英語を　教えました。
　　→　翔太君は　ジャック先生に　英語を　教えられました。
　① 子供は　親に　おもちゃを　ねだりました。
　② 警察官は　タクシーの　運転手さんに　交通違反の　切符を
　　渡しました。
　③ 外国人は　夫に　道を　尋ねました。

2. 例：春日さんは、　パーティーには　行けないと　言いました。
　　→　（私は）　春日さんに　パーティーには　行けないと　言われました。
　① 警察官は、　在留カードを　見せろと　言いました。
　② 店の　人は、　店の　前に　車を　止めるなと　言いました。
　③ 管理人さんは、　ゴミの　出し方に　ついて　注意しました。
　④ 面接で、　面接官が　趣味に　ついて　聞きました。

# 所有物被動

　　所謂的「所有物被動」，指的是接受動作影響的，並不是像「句型 2」與「句型 3」這樣，是一整個人接受動作，而是這個人身體的一部分、所有物、又或者是他的兒子、女兒、部下等從屬者接受動作。

　　這樣的被動句，會將「人の物」分拆為「人」與「物」兩個部分，並將「人」的部分提前至句首作為被動句的主題。也就是會由主動句「A は（が）　B の物を」變為被動句「B は（が）　A に　物を」的結構。

## 例 句

- （主動）陳さんは ロ呂さんの 足を 踏みました。（小陳踩了小呂的腳。）
  （被動）ロ呂さんは 陳さんに 足を 踏まれました。（小呂被小陳踩了腳。）

- （主動）弟は 私の 手紙を 読んだ。（弟弟讀了我的信。）
  （被動）私は 弟に 手紙を 読まれた。（我被弟弟讀了信。）

- （主動）先生は 私の 息子を 褒めました。（老師誇獎我兒子。）
  （被動）私は 先生に 息子を 褒められました。（我被老師誇獎了兒子。）

- （私は）　パリの　地下鉄で　（スリに）　財布を　すられて　しまった。
  （我在巴黎的地鐵被扒手扒走了錢包。）

- （私は）　彼氏に　髪を　撫でられるのが　好きです。
  （我喜歡被男朋友撫摸頭髮。）

1. 私は 痴漢 に お尻 を 触られました。
   犬 手 噛まれました。
   変な おじさん 頬 つねられました。

2. 私は 先生 に 漫画 を 没収された。
   友達 おもちゃ 壊された。
   泥棒 スマホ 盗まれた。

1. 例：友達が 私の 服を 汚しました。
   → 私は 友達に 服を 汚されました。
   ① 兄が 私の ケーキを 食べました。
   ② 通り魔が 私の 息子を 殺しました。
   ③ 蜂が 私の 腕を 刺しました。
   ④ 電車で、 隣の 人が 私の 足を 踏みました。

2. 例：誰かが 私の ケーキを 食べました。
   → A：どうしたんですか。
      B：ケーキを 食べられたんです。
   ① 誰かが 私の 指輪を 盗みました。
   ② 誰かが 私の 傘を 間違えました。
   ③ 誰かが 私の 論文を パクりました。
   ④ 誰かが 私の 髪を 引っ張りました。

（小林小姐和山田小姐在談論被邀約會以及治安的問題）

小林：隣の　リッチ証券の　ダニエルさんって人、　知ってる？

山田：確か　営業の　方で、　陳社長の　クラスメートだった　人よね？　知ってる！　以前　仕事を　頼まれた　ことが　ある。

小林：そうそう、　その人！　実はね、　彼に　デートに　誘われちゃったの。

山田：へえ！　で、　行くの？

小林：行きたいけど、　デートの　場所がね、　好きじゃないの。　遊園地なの。

山田：えっ？　どうして？

小林：混んでるし、　ロマンチックじゃないし、　それに　乗り物に　乗って　いる　時に、　いきなり　後ろから　抱かれて、　キスされたら　どうしよう。

山田：考えすぎよ。　あの人、　いい　人だから。

小林：你知道隔壁里奇證券一位叫做丹尼爾的人嗎？

山田：我記得他很像是業務，然後曾經是陳社長的同班同學對吧。

　　　我知道他。我以前曾經被他請託做過工作。

小林：對的，就是他。其實，我被他邀約去約會。

山田：是喔，那你要去嗎？

小林：想去啊，但約會場所，我不喜歡。是遊樂園。

山田：疑？為什麼？

小林：人很多很擁擠、不浪漫。而且如果在搭遊樂設施時，被他從背後突然抱

　　　住，被他親吻，那該怎麼辦。

山田：你想太多。他是好人。

小林：本当の ことを 言うと 笑われるかも しれないけど、

実はね、 この間 遊園地で 乗り物の 列に 並んで

いる 時に、 後ろから 頭を 殴られたのよ。

それ以来 遊園地が 怖くて 行けないの。

山田：酷いなあ。 警察には 通報した？

小林：ええ。 犯人は すぐに 捕まえられたけど、 私も

一緒に 警察署に 連れて いかれて、 いろいろ

状況を 聞かれて、 大変だったのよ。

山田：最近、 治安が 悪く なって きて いるね。 私も

去年、 駅で 財布を すられちゃったの。 警察にも

行ったけど、 もう 戻って こないから 諦めろって

言われたのよ。 もう 最悪だった！

小林：說實話搞不好會被你笑，其實啊，前一陣子我在遊樂園排遊樂設施時，

被人從後面打了腦袋。自此以來我就覺得遊樂園很恐怖不敢去。

山田：好可惡喔。你有報警嗎？

小林：有。雖然犯人馬上就被抓到了，但我也一起被帶往警察署，被問了狀況

等等，真是有夠衰。

山田：最近治安越來越差了。我也是去年在車站被扒手扒了錢包。也去了警局，

但卻被告知說找不會來了，叫我放棄。真的有夠糟！

## 填空題

1. 私は 弟に、 彼女からの 手紙（　　　） 読まれた。

2. 変な おじさんに、 住所と 電話番号（　　　） 聞かれた。

3. ここを 動くな（　　　）、 兵士は 長官（　　　） 命令されました。

4. 面接官に、 趣味（　　　） 聞かれた。

5. A：吉田さんの ダンスって、 面白いよね。

　　B：（ こ／そ／あ ）の 人は 本当に 変な 人ね。

6. A：先輩の 朴さん、 知ってる？

　　B：ううん。 誰？ （ こ／そ／あ ）の 人？

7. 列（　　　） 割り込まないで、 後ろ（　　　） 並んで ください。

8. これ以上 近づかないで。 警察（　　　） 通報するわよ。

## 選擇題

1. 私は 妹（　）、 勝手に 服（　） 着られた。

　　1　に／を　　　　2　を／に　　　　3　に／に　　　　4　を／を

2. マッチングアプリで 知り合った 彼（　）、 デート（　） 誘われた。

　　1　に／を　　　　2　を／に　　　　3　に／に　　　　4　を／を

3. 朴さんって、 （　） 一つ上の 先輩だったよね。

　　1　たぶん　　　2　たとえ　　　3　きっと　　　4　たしか

4. 電車で、 他の 乗客に （ ） 後ろから 押されて びっくりした。
   1 わざわざ　　　　2 ぴったり　　　　3 いきなり　　　　4 せっかく

5. 彼は 警察に （ ）。
   1 連れて いかれた　　　　　　　2 連れられて いった
   3 連れて いられた　　　　　　　4 連られて いった

6. お巡りさん、 あいつが 犯人だ！ 早く あいつを （ ）！
   1 捕まって　　　　2 捕まえて　　　　3 捕まえられて　　　　4 捕まられて

## 翻譯題

1. 余計な ことを 言うと、 怒られるよ。

2. 妻に、 宝くじが 当たったのを 知られたく ないです。

3. 私は 太郎に、 花子を 紹介されました。

4. 我在學校被老師誇獎了。

5. 我被老師誇獎了我的成績。

6. 我被爸爸說了請放棄夢想（爸爸叫我放棄）。

Memo

# 42

ここに　いられては　困（こま）ります。

| 放送します （動） | 播放、廣播 | 自動生成します （動） | 自動生成 |
|---|---|---|---|
| ほうそう | | じどうせいせい | |
| 輸入します （動） | 進口 | 行います （動） | 舉辦、舉行 |
| ゆにゅう | | おこな | |
| 輸出します （動） | 出口 | 進みます （動） | 前進 |
| ゆしゅつ | | すす | |
| 開発します （動） | 開發 | 祀ります （動） | 祀奉、祭拜 |
| かいはつ | | まつ | |
| 設計します （動） | 設計 | 通ります （動） | 通過 |
| せっけい | | とお | |
| 製造します （動） | 製造 | 固まります （動） | 聚在一起 |
| せいぞう | | かた | |
| 建国します （動） | 建國 | 泊まります （動） | 投宿、住宿 |
| けんこく | | と | |
| 開催します （動） | 舉辦 | 荒らします （動） | 糟蹋弄亂 |
| かいさい | | あ | |
| 外出します （動） | 外出 | 落ち込みます （動） | 心情低落 |
| がいしゅつ | | お こ | |
| 浮気します （動） | 外遇、花心 | 居眠りします （動） | 打盹、打瞌睡 |
| うわき | | い ねむ | |
| 送信します （動） | 發送（訊號） | 寺 （名/2） | 寺廟、佛寺 |
| そうしん | | てら | |
| 完成します （動） | 完成 | 曲 （名/0） | 歌曲 |
| かんせい | | きょく | |
| 参拝します （動） | 參拜 | 肌 （名/1） | 肌膚 |
| さんぱい | | はだ | |
| 発見します （動） | 發現 | 最良 （名/0） | 最好、最佳 |
| はっけん | | さいりょう | |
| 発売します （動） | 發行、出售 | | |
| はつばい | | | |

| | | |
|---|---|---|
| 友人（名/0） | 朋友 | |
| 隣人（名/0） | 鄰居 | |
| 後輩（名/0） | 後生、學弟妹 | |
| カラス（名/1） | 烏鴉 | |
| 傘立て（名/2） | 傘架 | |
| 初心者（名/2） | 初學者 | |
| 化粧品（名/0） | 化妝品 | |
| 電波塔（名/0） | 無線電塔 | |
| 建築家（名/0） | 建築師 | |
| 世界中（名/0） | 全世界 | |
| 勤務中（名/0） | 持勤中 | |
| 喫煙所（名/0） | 吸菸區 | |
| 地震大国（名/4） | 地震大國 | |
| 世界地図（名/4） | 世界地圖 | |

| | |
|---|---|
| 最も（副/3） | 最 |
| びしょ濡れ（名/0） | 濕透 |
| ただでさえ（連/1） | 本來就已經夠...了，還... |
| 頻繁に（副/0） | 頻繁地 |
| 夜中（名/3） | 半夜 |
| 緑茶（名/0） | 綠茶 |
| 真珠（名/0） | 珍珠 |
| 電球（名/0） | 電燈泡 |
| 部品（名/0） | 零件 |
| 技術（名/1） | 技術 |
| 電波（名/1） | 電波 |
| 聖書（名/1） | 聖經 |
| 国々（名/2） | 各國 |
| 武将（名/0） | 武將 |

|  |  |
|---|---|
| ほんどう<br>本堂 （名 /1） | 正殿 |
| ま しょうめん<br>真正面 （名 /2 或 4） | 正前方 |
| なんせいがわ<br>南西側 （名 /0） | 西南側 |
| しょうばい<br>商売 （サ /1） | 做生意、買賣 |
| と ない<br>都内 （名 /1） | 東京都內 |
| さい こ<br>最古 （名 /1） | 最老、最舊 |
| ちん み<br>珍味 （名 /1） | 珍稀的美味 |
| だいおんりょう<br>大音量 （名 /3） | 很大的音量 |
| じ ゆうこうどう<br>自由行動 （名 /4） | 自由行動 |
| へいあん じ だい<br>平安時代 （名 /5） | 平安時代 |
| え ど じ だい<br>江戸時代 （名 /3） | 江戸時代 |
| トラック （名 /2） | 卡車 |
| イラスト （名 /0） | 插圖、插畫 |
| てんねん<br>天然ガス （名 /5） | 天然瓦斯 |

|  |  |
|---|---|
| ウイルス （名 /2 或 1） | 病毒 |
| ワープロソフト<br>（名 /5） | 文字處理軟體 |
| アイドル （名 /1） | 偶像 |
| グループ （名 /2） | 團體 |
| ニューアルバム<br>（名 /3） | 新專輯 |
| ち じょう ほうそう<br>地上デジタル放送<br>（名 /8） | 地面數位播送 |
| め ふ じ ゆう ひと<br>目が 不自由な 人<br>（慣） | 盲人 |
| ふ かい おも<br>不快な 思いを<br>します。 （慣） | 感到不愉快、<br>不爽 |

※專有名詞：

|  |  |
|---|---|
| キャビア （名 /1） | 魚子醬 |
| フォアグラ （名 /0） | 鵝肝 |
| トリュフ （名 /1） | 松露 |
| ピラミッド （名 /3） | 金字塔 |

| | | | |
|---|---|---|---|
| こうりゅうそうでん<br>**交流送電** (名 /5) | 交流輸電 | じん む てんのう<br>**神武天皇** (名) | 神武天皇 |
| はんにゃしんぎょう<br>**般若心経** (名 /4) | 般若心經 | かんのんさま<br>**観音様** (名) | 觀世音菩薩 |
| ジーセブン<br>**G7 サミット** (名) | G7 峰會 | ※真實地名： | |
| ほほ え<br>**モナリザの微笑み**<br>(名) | 蒙娜麗莎<br>的微笑 | **ロシア** (名 /1) | 俄羅斯 |
| ※人名： | | **アジア** (名 /1) | 亞洲 |
| **キリスト** (名 /0) | 耶穌基督 | **エジプト** (名 /0) | 埃及 |
| **エジソン** (名 /1) | 愛迪生 | **ドブロブニク** (名 /4) | 杜布羅夫尼克 |
| **ニコラ・テスラ** (名) | 尼古拉特斯拉 | かい<br>**アドリア海** (名 /4) | 亞得里亞海 |
| **サトシ・ナカモト**<br>(名) | 中本聰 | ひろしま<br>**広島** (名 /0) | 廣島 |
| **レオナルド・<br>ダ・ビンチ** (名) | 李奧納多<br>達文西 | かみなりもん<br>**雷門** (名 /4) | 雷門 |
| たいらのきみまさ<br>**平公雅** (名) | 平公雅 | きんかくじ<br>**金閣寺** (名 /1) | 金閣寺 |
| かつしかほくさい<br>**葛飾北斎** (名) | 葛飾北齋 | せんそう じ<br>**浅草寺** (名 /1) | 淺草寺 |
| あしかがよしみつ<br>**足利義満** (名) | 足利義滿 | ご じゅう とう<br>**五重の塔** (名 /5) | 五重塔 |
| さんぞうほう し<br>**三蔵法師** (名) | 三藏法師 | なか み せ どお<br>**仲見世通り** (名 /5) | 仲見世通 |
| | | とうきょう<br>**東京スカイツリー**<br>(名 /9) | 東京晴空塔 |

# 無情物被動

　　「無情物被動」屬於上一課學習到的「直接被動」的一種。差別在於上一課的直接被動中的「Aは（が）　Bを」，A、B 皆為「有情物（人）」，而這裡的 B 則為物品等「無情物」。無情物被動中，若動作者不重要、沒必要點出、或者不知道是誰，則多半會將其省略。

## 例句

・（主動）世界中の人が　この本を　読んで　います。（世界上的人讀這本書。）
　（被動）この本は　世界中の人に　読まれて　います。
　　　　（這本書被世界上的人閱讀。）

・（主動）みんなが　このアプリを　使って　いるよ。（大家都用這款 APP。）
　（被動）このアプリは　みんなに　使われて　いるよ。
　　　　（這款 APP 被大家廣為使用。）

・（主動）誰かが　机に　パソコンを　置きました。（某人在桌上放了電腦。）
　（被動）机に　パソコンが　誰かに　置かれました。（桌上放置了一台電腦。）

・傘立てに　置いて　あった　傘は、　（誰かに）　持って　いかれた。
　　（放在傘架上的雨傘被拿走了。）

・税金は、　国民の　ために　使われて　います。（稅金被用於國民身上。）

・机の上に　花が　飾られて　いますね。　あれは　何という　花ですか。
　　（桌上裝飾著花朵對吧。那叫什麼花呢？）

1. 彼の 本は 世界中で 読まれて います。
   この 曲 歌われて います。
   日本料理 食べられて います。

2. 日本 は 地震大国だ と 言われて います。
   犬 人間の 最良の 友人だ
   朝食 一日で 最も 大切な 食事だ
   緑茶 体に とても いい
   ドブロブニク 「アドリア海の真珠」

1. 例：土曜日に この 映画を テレビで 放送します。
   → この 映画は 土曜日に テレビで 放送されます。
   ① トラックで 荷物を 運びます。
   ② 2024年に パリで オリンピックを 行います。
   ③ ロシアから 天然ガスを 輸入して います。

2. 例：この 本・初心者・書きました
   → この 本は、 初心者の ために 書かれました。
   ① この 化粧品・肌が 悪い 女性・作りました
   ② この ワープロソフト・目の 不自由な 人・開発しました
   ③ この 椅子・体が 小さい 人・設計しました
   ④ AI・仕事・使って います

## 句型二

# 生産性動詞被動

　　延續「句型1」。若動詞為「作<ruby>作<rt>つく</rt></ruby>ります、<ruby>建<rt>た</rt></ruby>てます、<ruby>書<rt>か</rt></ruby>きます、<ruby>発明<rt>はつめい</rt></ruby>します、<ruby>発見<rt>はっけん</rt></ruby>します、<ruby>制作<rt>せいさく</rt></ruby>します」…等含有生產、發現語意的動詞，則主動句改為無情物被動時，生產／發現者會使用複合助詞「～に　よって」。同樣地，若動作者不重要、沒必要點出、或者不知道是誰，亦可省略。

## 例句

- （主動）エジソンが　電球を　<ruby>発明<rt>はつめい</rt></ruby>した。（愛迪生發明燈泡。）
  <ruby>電球<rt>でんきゅう</rt></ruby>
  （被動）電球は　エジソンに　よって　<ruby>発明<rt>はつめい</rt></ruby>された。（燈泡由愛迪生所發明。）
  <ruby>電球<rt>でんきゅう</rt></ruby>

- （主動）<ruby>科学者<rt>かがくしゃ</rt></ruby>が　ワクチンを　<ruby>作<rt>つく</rt></ruby>りました。（科學家做了疫苗。）
  （被動）ワクチンが　~~科学者に　よって~~　<ruby>作<rt>つく</rt></ruby>られました。（疫苗被做了出來。）
  <ruby>科学者<rt>かがくしゃ</rt></ruby>

- （主動）300<ruby>年前<rt>ねんまえ</rt></ruby>に　<ruby>誰<rt>だれ</rt></ruby>かが　この<ruby>本<rt>ほん</rt></ruby>を　<ruby>書<rt>か</rt></ruby>きました。（300 年前有人寫了這本書。）
  （被動）この<ruby>本<rt>ほん</rt></ruby>は　300<ruby>年前<rt>ねんまえ</rt></ruby>に　~~<ruby>誰<rt>だれ</rt></ruby>かに　よって~~　<ruby>書<rt>か</rt></ruby>かれました。
  （這本書寫於 300 年前。）

- <ruby>私<rt>わたし</rt></ruby>の　<ruby>好<rt>す</rt></ruby>きな　アイドルグループの　ニューアルバムが　<ruby>発売<rt>はつばい</rt></ruby>された。
  （我喜歡的偶像團體發行了新專輯。）

- この　<ruby>部品<rt>ぶひん</rt></ruby>は、　<ruby>中国<rt>ちゅうごく</rt></ruby>で　<ruby>製造<rt>せいぞう</rt></ruby>された　ものだと　<ruby>思<rt>おも</rt></ruby>います。
  （我認為這個零件應該是在中國製造的。）

1. この　ホテル　は　有名な　建築家　に　よって　設計された。
   交流送電の　技術　ニコラ・テスラ　開発された。
   ビットコイン　サトシ・ナカモト　作られた。
   モナリザの微笑み　レオナルド・ダビンチ　描かれた。

練習B

1. 例：電話は　ベルが　発明しました。
   → 電話は　ベルに　よって　発明されました。
   ① 「銀河鉄道の夜」は　宮沢賢治が　書きました。
   ② 金閣寺は　足利義満が　建てました。
   ③ 般若心経は　三蔵法師が　翻訳しました。
   ④ 日本は　神武天皇が　建国しました
   ⑤ この　イラストは　ＡＩが　自動生成しました。

2. 例：エジプトで　新しいピラミッドを　発見しました。
   → エジプトで　新しいピラミッドが　発見されました。
   ① 広島で　Ｇ７サミットを　開催しました。
   ② 620年ぐらい前に　金閣寺を　建てました。
   ③ 今から　約2000年前に　キリストを　生みました。
   ④ 来年、　台湾では　新しい　大統領（総統）を　選びます。
   ⑤ 毎年　7月と　12月に　日本語能力試験を　行います。

# 間接被動（自動詞）

　　「間接被動」，指的是一件事情的發生「間接」影響到某一個人。而且這個影響，多半帶給此人困擾，因此間接被動又稱作「迷惑の受身（添麻煩的被動）」。

　　從主動句改為間接被動句時，為了要特別標示出受害者，因而會多出一個表受害者的補語（名詞＋助詞的組合）。本句型學習自動詞的間接被動，主動句「Aは（が）　自動詞」改為間接被動句時，會以「受害者は　Aに　～（ら）れる」的句型呈現。

## 例句

・（主動）　　　子供が　泣きました。（小孩哭泣。）
　（被動）私は　子供に　泣かれました。（小孩哭泣＜吵到我＞，我很困擾。）
・昨日は、　夜遅く　子供に　泣かれて、　よく　寝られませんでした。
　（昨天晚上，小孩哭到很晚，搞到我沒辦法好好睡覺。）

・（主動）　　　奥さんが　逃げました。（老婆跑了。）
　（被動）吉田さんは　奥さんに　逃げられました。（吉田先生的老婆跑了。）
・吉田さんは　奥さんに　逃げられて、　最近　落ち込んで　います。
　（吉田先生的老婆不告而別逃跑了，因此吉田先生最近很沮喪。）

・（主動）　　　雨が　降った。（下雨。）
　（被動）私は　雨に　降られた。（我被下雨一事影響到。）
・買い物に　出かけたんですが、　途中で　雨に　降られました。
　（我出門去買東西，但是途中卻下起雨來＜導致我很困擾＞。）

1. 私は　[ 雨　　　に　降られて　、　　びしょ濡れに　なった。 ]
　　　　　[ 冷たい風　　　吹かれて　　　　風邪を　引いて　しまった。 ]
　　　　　[ 大雪　　　　　降られて　　　　外出できなく　なった。 ]

2. 彼は　[ 父親　に　死なれて　]、　　大変だった。
　　　　　[ 友達　　　来られて ]
　　　　　[ 隣人　　　騒がれて ]
　　　　　[ 先生　　　怒られて ]
　　　　　[ 彼女　　　浮気されて ]

3. ただでさえ　忙しいのに、　[ 毎日　来られて　　　　]　は　困ります。
　　　　　　　　　　　　　　[ 定時に　帰られて ]
　　　　　　　　　　　　　　[ 急に　休まれて ]
　　　　　　　　　　　　　　[ 勤務中に　居眠りされて ]

1.　例：泥棒が　ホテルの　部屋に　入りました。
　　→　（私は）　泥棒に、　ホテルの　部屋に　入られて　しまった。
　　① 新入生が　自分の　席に　座りました。
　　② 背の　高い　人が　前に　立ちました。
　　③ 忙しいのに、　同僚が　帰りました。
　　④ やっと　捕まえたのに、　犯人が　逃げました。

# 間接被動（他動詞）

　　延續「句型3」。若動詞為他動詞，則主動句「Aは（が）　Bを　他動詞」改為間接被動句時，會以「受害者は　Aに　Bを　～（ら）れる」的句型呈現。若動作者不重要、沒必要點出、或者不知道是誰，亦可省略。

## 例句

・（主動）　　　王さんは　タバコを　吸います。（王先生抽菸。）
　（被動） 私は 　王さんに　タバコを　吸われます。（王先生抽菸影響到我。）
・王さんに　室内で　タバコを　吸われると、　頭が　痛く　なります。

　（王先生只要在室內一抽菸，我頭就痛起來。）

・（主動）　　　夫は　夜遅くまで　仕事を　する。（我老公工作到很晚。）
　（被動） 私は 　夫に　夜遅くまで　仕事を　される。（我老公工作到很晚影響到我。）
・昨日は　夫に　夜遅くまで　仕事を　されて　いたから、
　よく　寝られなかった。

　（昨天我老公工作到很晚，害得我沒睡好。）

・（主動）　　　誰かが　電気を　消します。（某人關燈。）
　（被動） 私は 　~~誰かに~~　電気を　消されます。（某人關燈一事影響到我。）
・急に　電気を　消されたので、　びっくりしました。

　（突然被關了燈，因而嚇了一跳。）

1. 後輩<sub>こうはい</sub> に　会社<sub>かいしゃ</sub>　を　辞<sub>や</sub>められて　しまった。
　　警察<sub>けいさつ</sub>　本当<sub>ほんとう</sub>の　こと　知<sub>し</sub>られて
　　カラス　ゴミ　荒<sub>あ</sub>らされて

2. ここで　お酒<sub>さけ</sub>を　飲<sub>の</sub>まれて　は　困<sub>こま</sub>ります。
　　　　　ご飯<sub>はん</sub>　食<sub>た</sub>べられて
　　　　　大声<sub>おおごえ</sub>　出<sub>だ</sub>されて
　　　　　商売<sub>しょうばい</sub>　始<sub>はじ</sub>められて
　　ここに　ビルを　建<sub>た</sub>てられて
　　　　　車<sub>くるま</sub>　止<sub>と</sub>められて
　　　　　ゴミ　捨<sub>す</sub>てられて
　　　　　荷物<sub>にもつ</sub>　置<sub>お</sub>かれて

練習B

1. 例<sub>れい</sub>：弟<sub>おとうと</sub>が　大音量<sub>だいおんりょう</sub>で　テレビを　見<sub>み</sub>ました・勉強<sub>べんきょう</sub>に　集中<sub>しゅうちゅう</sub>できませんでした
　→　弟<sub>おとうと</sub>に　大音量<sub>だいおんりょう</sub>で　テレビを　見<sub>み</sub>られて、
　　勉強<sub>べんきょう</sub>に　集中<sub>しゅうちゅう</sub>できませんでした。
　① 管理人<sub>かんりにん</sub>さんが　玄関<sub>げんかん</sub>に　鍵<sub>かぎ</sub>を　掛<sub>か</sub>けました・
　　外<sub>そと</sub>に　出<sub>で</sub>られなく　なりました
　② 誰<sub>だれ</sub>かが　勝手<sub>かって</sub>に　黒板<sub>こくばん</sub>を　消<sub>け</sub>しました・
　　困<sub>こま</sub>って　います
　③ 誰<sub>だれ</sub>かが　自分<sub>じぶん</sub>が　欲<sub>ほ</sub>しいと　思<sub>おも</sub>って　いた　服<sub>ふく</sub>を　先<sub>さき</sub>に　買<sub>か</sub>いました・
　　がっかりしました

（導遊帶團導覽淺草寺，以及寺廟的人向團員告誡）

ガイド：右側を　見て　ください。　あれが

東京スカイツリーです。　東京スカイツリーは

地上デジタル放送の　電波などを　送信する　ために、

2012年に　建てられた　電波塔です。


そして、　私たちの　真正面に　あるのは　雷門です。

雷門は　中の　本堂の　南西側に　ある　五重の塔と

同じく、　平安時代の　武将、　平公雅に　よって

建てられました。　では、　中へ　進みましょう。


この　通りは　「仲見世通り」と　言って、　色んな

お土産や　美味しい　食べ物が　売られて　いますから、

自由行動の　時間で　ゆっくり　買い物を　楽しんで

ください。


さあ、　着きました。　これが　都内最古の　寺、

浅草寺です。　中には　観音様が　祀られて　います。

参拝したい　方は　こちらへ　来て　ください。

導遊　：請看右邊。那個就是東京晴空塔。

　　　　東京晴空塔是為了傳遞地上波的數位訊號，於 2012 年建造的

　　　　電波塔。

　　　　然後，在我們正面的是雷門。雷門跟在裡面本堂南西邊的五重塔

　　　　一樣，都是平安時代的武將，平公雅所建造的。

　　　　那麼，我們往裡面前進吧。

　　　　這條街道叫做「仲見世通」，有賣各式各樣的伴手禮以及好吃的

　　　　食物，之後的自由行動的時間可以慢慢逛喔。

　　　　好，到了。這個就是（東京）都內最早的寺廟，淺草寺。

　　　　裡面祭拜著觀音菩薩。想要參拜的人請來這裡。

寺院の　人：君たち、　ツアーの　人？　道で　固まって

おしゃべりしないで　ください。　ここに

いられては　みんな　通れないじゃないですか。

それから　君、　タバコは　近くの　喫煙所で

吸って　ください。

ここで　吸われては　困ります。

寺廟的人：你們是旅行團的人嗎？請不要聚集在路上聊天。

你們站在這裡大家都沒辦法通過了。還有你，香菸請到附近的

吸煙區抽。你在這裡抽我們會很困擾。

## 隨堂測驗

### 填空題

1. 2021年に、東京（　　）オリンピック（　　）開かれました。

2. 聖書は 世界中（　　）読まれて います。

3. これは 有名な 作家（　　　　）書かれた 本です。

4. 事務所（　　）は、世界地図（　　）貼られて います。

5. 雨（　　）降られて、外出できなかった。

6. 飛行機の 中で 赤ちゃん（　　）泣かれて、全然 休めなかった。

7. 夜中 隣の おばさん（　　）大声で 歌（　　）歌われて

困って います。

8. お客様、起きて ください。ここ（　　）寝られて（　　）困ります。

### 選擇題

1. 新種の ウイルスが （　）。
   1　発見した　　　2　発見された　　　3　発見させた　　　4　発見られた

2. ベルが 電話を （　）。
   1　発明した　　　2　発明された　　　3　発明させた　　　4　発明られた

3. レストランで 隣の 席の 人（　）、たばこ（　）吸われて

困りました。
   1　を／に　　　　2　に／が　　　　3　が／を　　　　4　に／も

116

4. これは 何（　） いう 料理ですか。

  1 と　　　　　　2 を　　　　　　3 で　　　　　　4 が

5. ただで（　） 狭い 部屋なのに、　泊まりに 来られては 困ります。

  1 でも　　　　　2 さえ　　　　　3 まで　　　　　4 しか

6. キャビア、フォアグラ、トリュフは 世界三大珍味と　（　）　います。

  1 言って　　　　2 言わせて　　　3 言われて　　　4 言わされて

## 翻譯題

1. 漢字は アジアの 国々で 使われて います。

2. 大変なのは わかるが、 こう 頻繁に 休まれては 困ります。

3. 飛行機の 中で、 前に 座って いた 子供に 騒がれて 不快な
  思いを した。

4. 這是江戶時代所畫的畫。

5. 這是葛飾北齋所畫的畫。

6. 在車庫前面被停了車子，出不去。

## 填空題 ·······················································································

1. 部長は　いつ　出張する（　か／かどうか　）、　知って　いますか。

2. 彼が　会議に　出席しない　理由は、　本当（　か／かどうか　）

　わかりません。

3. 娘に、　自分の　名前を　書いて　（見た／見せた／見られた）。

4. 大学を　卒業したら、　一人で　（暮らしよう／暮らそう／暮ろう）と

　思って　います。

5. 今年　（こそ／さえ）　大学に　合格して　みせる！

6. 部長は　山田さん（　　）　出張させました。

7. 部長は　山田さん（　　）　出張の　レポートを　書かせました。

8. 山田さんは、　いつも　おかしな　ことを　言って　みんな（　　）　笑わせて

　くれます。

9. 部長、　今回の　仕事は　ぜひ　私に　（やる／やらさせて／やらせて）

　ください。

10. ドアを　開けろ！　俺（　　）　ここから　出せ！

11. 雨が　降った（ので／のに）、　出かけないで　うもに　います。

12. 雨が 降って いる （ので／のに）、 子供たちは 外で 遊んで います。

13. お金が ないのに、 旅行に （行きますか／行くんですか）。

14. 体の 調子が （悪いので／悪くて）、 今日は 会社を 休ませて ください。

15. 彼女 （は／が） 料理を 作って くれたのに、 出前を 頼むんですか。

16. 春に （なると／なったら） 結婚しよう。

17. 次の 交差点 （　） 左 （　） 曲がると、 東京タワーが 見えます。

18. この カバンは、 重くて 持ち歩くの （　） 不便です。

19. お金を 出せ！ 出さない （　） 殺すぞ！

20. 結婚しても 会社を （辞めない／辞めよう） つもりです。

21. この クーポン券、 期限を 過ぎると 使え （ないに／なく） なるから
気を つけて。

22. 私は 妹に 日記 （　） 読まれました。

23. 生徒：昨日、 学校で 先生 （　） 褒められて 嬉しかった。

24. 母親：昨日、 学校で 娘 （　） 褒められて 嬉しかった。

25. エコノミークラスの お客様は この 列（　） 並んで ください。

26. また、 新しい 星（　） 発見されたのを 知って いますか。

27. 法隆寺は、 聖徳太子（　） よって 建てられた（　） 言われて
います。

28. ただでさえ 忙しいのに、 急に 辞められて（　） 困ります。

29. 雪（　） 降られて、 新幹線の ダイヤが 大幅に 乱れた。

30. 家の 前に 車（　） 駐車されて、 困って います。

## 選擇題 · · · · · · · · · · · · · · · · · · · · · · · · · · · · · · · · · · · · ·

01. 答え（　）　間違い（　）　ないかどうか、　もう一度　確認して　ください。
　　1　が／を　　　　2　が／に　　　　3　に／が　　　　4　に／を

02. これから　（　）と　思って　いるんですが、　一緒に　行きませんか。
　　1　出かける　　　2　出かけそう　　3　出かけよう　　4　出かけろう

03. 行くの？　（　）　行かないの？
　　1　それとも　　　2　それから　　　3　そしたら　　　4　そのまま

04. 毎朝、　犬（　）　公園で　散歩させて　います。
　　1　が　　　　　　2　を　　　　　　3　で　　　　　　4　へ

05. 毎朝、　犬（　）　公園を　散歩させて　います。
　　1　が　　　　　　2　を　　　　　　3　で　　　　　　4　に

06. 家の　前の　道路で　子供を　（　）　ください。
　　1　遊ばせないで　　　　　　　　　　2　遊ばせなくて
　　3　遊ばれないで　　　　　　　　　　4　遊ばれなくて

07. 交通事故（　）　電車が　止まって　います。
　　1　で　　　　　　2　に　　　　　　3　ので　　　　　4　のに

08. 交通事故（　）　健康保険は　使えません。
　　1　ので　　　　　2　のに　　　　　3　なので　　　　4　なのに

09. ここに　いられては　（　）、　どっかへ　行って　ください。

  1　困って　　　　　2　困るで　　　　　3　困るのに　　　　4　困るので

10. お金が　（　）、　旅行に　行きたいです。

  1　ないと　　　　　2　なくても　　　　3　なかったら　　　4　ないので

11. ジャムを　塗って　（　）　美味しいよ。

  1　食べると　　　　　　　　　　　　2　食べて

  3　食べるのに　　　　　　　　　　　4　食べるために

12. 私は　弟（　）　パソコン（　）　壊されて　しまった。

  1　に／を　　　　　2　を／に　　　　3　に／に　　　　4　を／を

13. 子供を　いい　大学に　入れる　ために、　毎日　塾に　（　）　います。

  1　通させて　　　　2　通われて　　　　3　通わせて　　　4　通させて

14. 電話は　ベルに　よって　（　）。

  1　発明した　　　　2　発明された　　　3　発明させた　　4　発明られた

15. 泥棒（　）、　部屋（　）　入られて　財布を　とられて　しまった。

  1　に／に　　　　　2　に／を　　　　3　を／に　　　　4　が／に

Memo

Memo

Memo

# 穩紮穩打日本語 進階 3

| | | |
|---|---|---|
| 編　　　　著 | 目白 JFL 教育研究会 | |
| 代　　　　表 | TiN | |
| 排 版 設 計 | 想閱文化有限公司 | |
| 總 編 輯 | 田嶋 恵里花 | |
| 發 行 人 | 陳郁屏 | |
| 插　　　　圖 | 想閱文化有限公司 | |
| 出 版 發 行 | 想閱文化有限公司 | |
| | 屏東市 900 復興路 1 號 3 樓 | |
| | Email：cravingread@gmail.com | |
| 總 經 銷 | 大和書報圖書股份有限公司 | |
| | 新北市 242 新莊區五工五路 2 號 | |
| | 電話：(02)8990 2588 | |
| | 傳真：(02)2299 7900 | |
| 初　　　　版 | 2024 年 03 月 | |
| 定　　　　價 | 300 元 | |
| I　S　B　N | 978-626-97662-3-9 | |

國家圖書館出版品預行編目 (CIP) 資料

穩紮穩打日本語 . 進階 3 / 目白 JFL 教育研究会編著 . -- 初版 . --
屏東市 : 想閱文化有限公司 , 2024.02
　面；　公分 . -- ( 日本語 ; 8)
ISBN 978-626-97662-3-9( 平裝 )

1.CST: 日語 2.CST: 讀本

803.18　　　　　　　　　　　　113002172